KINGDOM
キングダム
大将軍の帰還

映画ノベライズ

KINGDOM
キングダム
大将軍の帰還

原作 原泰久

脚本 黒岩勉 原泰久

小説 藤原健市

人物紹介

信
戦災孤児ながらも、成蟜の反乱で嬴政を助け、武功を上げた少年。亡くなった親友・漂との約束である「天下の大将軍になる」ことを夢見る。百人隊「飛信隊」の隊長として馬陽の戦いに参戦中。

嬴政
秦国の若き王。後の始皇帝。腹違いの弟・成蟜が起こした反乱を鎮め、見事に王宮へ帰還を果たす。

河了貂
鳥を模した不思議な蓑を被った、山民族の末裔。軍師になるために日夜、勉強中。

羌瘣
人を超えた力を持つという伝説の暗殺一族「蚩尤」の出身。「飛信隊」の副長として馬陽の戦いに参戦中。

尾平
信と同郷でお調子者。尾到とは兄弟で兄。信が隊長である「飛信隊」の隊員のひとり。

尾到
信と同郷で真面目な人物。尾平とは兄弟で弟。信が隊長である「飛信隊」の隊員のひとり。

龐煖
趙軍の総大将。夜間に突如、飛信隊の野営地を襲撃した。自らを『武神』と称する、謎に満ちた人物。

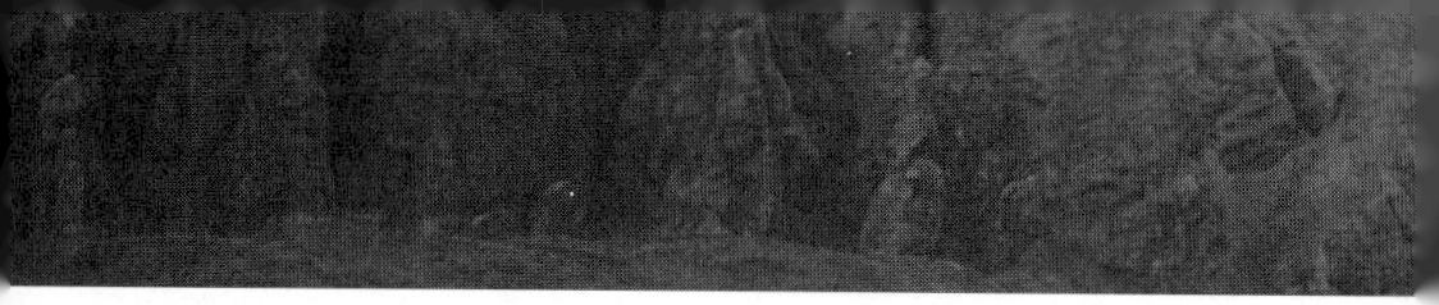

目次

李牧

秦趙の戦いを高台で観戦していた河了貂、蒙毅のもとに現れた人物。名前以外の詳細は一切不明。

摎

秦の「六大将軍」の一人だった武将。常に顔を隠した兜を被った謎の多い人物で、とある秘密を抱えていた。

騰

王騎の副官であり、常に傍らに控え忠義を尽くす武将。

王騎

秦の「六大将軍」最後の一人。列国に名を轟かす大将軍。「秦の怪鳥」の異名を持つ。

映画「キングダム 大将軍の帰還」

原作：原泰久「キングダム」（集英社「週刊ヤングジャンプ」連載）
監督：佐藤信介
脚本：黒岩勉　原泰久
製作：映画「キングダム」製作委員会
制作プロダクション：CREDEUS
配給：東宝　ソニー・ピクチャーズ エンタテインメント

この作品はフィクションです。
実在の人物・団体・事件などにはいっさい関係ありません。

序章

紀元前二四四年、中華の地。

七つの国による長き戦乱の世が続く、春秋戦国《しゅんじゅうせんごく》時代。

中華西方の大国、秦《しん》と国境を接する趙《ちょう》が、秦の国境の街、関水《かんすい》に、大軍で攻め入った。

秦と趙は、戦《いくさ》を繰り返してきた因縁《いんねん》の深い国同士である。

関水の城を落とした趙軍はさらに秦領土内に侵攻し、要所の馬陽《ばよう》に迫った。

秦は、かつての六大将軍の最後の生き残り、秦の怪鳥の異名を持つ大将軍、王騎《おうき》を迎撃の軍の総大将とし、王騎率いる秦軍は、馬陽の地で趙軍と激突した。

秦軍の兵の数、八万。対し、趙軍の兵は十万。

数で劣る秦軍だが王騎の策により、趙の将軍の一人、馮忌《ふうき》を討ち取り、初日の戦に勝利する。

二万の兵を率いていた馮忌を討ち取ったのは、わずか百人の隊。それも兵は農民兵ばかり。

隊を率いる男の名を、信《しん》という。

下僕だった信は、歩兵として初陣《ういじん》となった戦で王騎の目を引く活躍をした。

その武功で信はいきなり、百人の兵を率いる百人将に抜擢された。

信の率いる百人隊の名は、飛信隊《ひしんたい》。

大将軍王騎自《みずか》ら『飛矢《ひや》のごとく戦場を駆け、敵将を討て』との命令と共に、飛信隊の名を与えた。

信と飛信隊は王騎の期待に応《こた》え、趙の正規兵の防御陣で固められた馮忌本陣を急襲し、馮忌の首を獲《と》ったのである。

馮忌討ち死にという衝撃は、瞬《またた》く間《ま》に趙軍全体に広がり、初日から趙軍は後退を余儀なくされた。

趙軍は高台にあった総本陣を放棄し、高台後方の森林地帯へと後退、潜伏する。

趙軍の総本陣を奪った秦軍は、そこに本陣を移動し、その日の戦闘は終了した。

そして陽は西に去り、黄昏時《たそがれどき》。朱《しゅ》に染まった戦場に宵闇《よいやみ》が訪れる。

×　×　×

大きな武功を上げた飛信隊だが、犠牲も決して少なくなかった。

馮忌を討ち取るために死んでいった隊員は、三十一名。百人隊のおよそ三分の一だ。

明日も戦は続き、仲間はこれからも死んでいくだろう。

だからこそ戦死した仲間を悼《いた》んで涙するより、彼らのために前を向く。

それが、戦場での礼儀だ。

いくつかの天幕が張られた野営地の一角。飛信隊には上等な酒と充分な食料が与えられ、七十名ほどの隊員たちは今、たき火を囲んで酒と飯を楽しみ、談笑している。

隊長の信、副長の羌瘣《きょうかい》の姿は、酒宴の中にはない。

信は同じ城戸村《じょうとむら》出身の尾兄弟の弟、尾到《びとう》と離れた場所で語らい、こうした場に馴染《なじ》むのが苦手な羌瘣も、離れて一人でいる。

酒宴で特に騒いでいるのは、尾到の兄、尾平《びへい》。先ほどから、信が馮忌を倒す場面を繰り返し演じてはしゃいでいる。

尾平は尾到と同じく、信とは古い付き合いだ。信と初陣で肩を並べ、生き残った。あまり頼りになりそうな風貌ではないが、今日の激戦をくぐり抜けた、それなりの猛者《もさ》である。

圧倒的な不利な戦場で生き残る。単に剣や槍の腕が立つだけでなく、危機に敏感でもあるということだろう。

たき火を囲む酒宴の最中《さなか》。最初に異様な気配に気付いたのは、尾平だった。

「……?」

真顔になった尾平が、たき火の光が届かない闇のほうへと視線を投じる。

「あ？　どうした、尾平」

訊《たず》ねたのは有義《ゆうぎ》だ。今回の戦から飛信隊に加わった有兄弟の二人のうち、兄のほうだ。

経験豊富な兵士の有義は、若造にしか見えない信を最初は侮《あなど》っていたが、共に戦い、今では信を隊長として認めている。

有義が警戒し、尾平の視線の先へと向き直る。

闇の中、うっすらと巨大な影がかろうじて見えた。

その影が、ゆったりとした歩みで近づいてくる。

影は、男のようだった。飛信隊随一《ずいいち》の巨軀と剛力《ごうりき》を誇り、棍棒の一振りで二桁《けた》の兵士を蹴散らす竜川《りゅうせん》という兵よりも、男は巨大に感じられた。

男が近づくにつれ、たき火の光に男の姿が浮かび上がってくる。

ボロ布のような外套《がいとう》を纏《まと》った男は、右の脇に巨大な矛《ほこ》と思《おぼ》しき武器を抱《かか》えていた。

王騎の携《たずさ》えている矛も常軌を逸した大きさだが、男の武器は、尾平や有義の目には、より巨大に映る。

かすかにたき火の光を撥《は》ねる刃《やいば》は三日月のように先端が反《そ》り返り、無数の人間を葬ってきた武器特有の、凶悪な気配を放っていた。

「おい。誰だ、お前」

声を投じたのは、沛浪《はいろう》という男だ。白髪の交じった髪、眉間《みけん》に刻まれた深い皺《しわ》が、歴戦の兵《つわもの》だと物語っている。

呼びかけに応じない男に、別の隊員が重ねて問う。

「どこの部隊だよ」

「……」

男は無言。返答をするつもりはなさそうだ。

友好的な気配など男には微塵《みじん》もなく、歩みも止まらない。

初陣の信が参加した最小単位の戦闘部隊、五人組の伍《ご》で伍長《ごちょう》を務めた澤圭《たくけい》という男が、やや強めの口調で男に命じる。

「止まってください」

男はただ悠然と歩いている。誰の声も聞こえていないかのようだ。

徹底的な、無視。それは不遜《ふそん》とも横柄《おうへい》とも受け取れる態度である。

飛信隊隊員たちが苛立《いらだ》ち、次々と不愉快そうな顔で立ち上がる。

「無視してんじゃねーよ」

数名の隊員が、威嚇《いかく》する態度で男に近づいていった。

男まで、あと数歩の距離。全員が突然、倒れ伏す。

たちまち血臭《ちしゅう》が広がった。

倒れた隊員は例外なく誰もが身体を両断され、地に転がっている。

転がる屍体《したい》などないかの如《ごと》く、男は悠然と無人の野を行くように歩みを進める。

尾平も有義も、沛浪も澤圭も絶句していた。

男が矛と思われる武器を振るい、隊員たちをまとめて斬殺した。

それは誰もが理解できる。だが、誰の目にも、その瞬間が見えていなかった。

暗いせいではない。男の動きがあまりにも唐突且《か》つ速すぎたせいだ。

男は、間違いなく敵。それも、強ささえ推し量れない化け物だ。

その場にいる飛信隊の全員から、酔いが消し飛ぶ。

「敵だーッ!!」

隊員たちが叫び、慌《あわ》ただしく行動を開始した。

「鐘を鳴らせーッ!!」

命じたのは飛信隊副長の一人、渕《えん》。信が王騎に修行をつけてもらいたいと望んだ際からの付き合いで、信の信頼が厚い男だ。

隊員たちがそれぞれに武器を手にし、構えた。

殺《や》らなければ、殺られるのみ。

誰もが意を決して男との戦いに挑むが、その行為が意味することを理解しているものは、一人もいない。

襲来者こそ、龐煖《ほうけん》である。

いまだ戦場に姿を見せていなかった、馬陽の戦いにおける趙軍の総大将だ。

元武将の文官、秦大王嬴政《えいせい》の側近、昌文君《しょうぶんくん》に「あれは、おぞましいまでに純粋な『武』の結晶だ」とまで言わしめた、おそらくは趙最強の武人。

武器を構えた飛信隊隊員たちを前にしても、龐煖の歩みは変わらない。

龐煖は単身で現れた。対する飛信隊は、六十名以上。数の差は圧倒的だ。

だが、気圧《けお》されてじりじりと後ずさったのは、飛信隊のほうだ。

槍を構えた沛浪が、大声で警戒を促《うなが》す。

「こいつ、ただもんじゃねえ!! 気を付けろッ!!」

「俺が止める!」

叫び、槍を提《さ》げて龐煖へと駆けだしたのは、有義だ。

「今のうちに!」

槍を突き出す有義を、龐煖が矛を右から左に持ち替え、分厚い刃の背で打ち据えた。

ゴッと鈍《にぶ》く強烈な音がし、ドッと有義が顔面から地に伏せる。

なにが起きたかわからないように目を見開いた有義は、もう動かない。

一撃で、有義は絶命していた。

「兄ちゃあああんッ!!」

有兄弟の弟、有カクが悲愴《ひそう》な叫び声を上げ、龐煖へと突進する。

龐煖が矛を両手持ちにした、次の瞬間。有カクが真横に吹っ飛んだ。

有カクは受け身も取れずに地に叩きつけられ、動かなくなった。その口からは血が溢《あふ》れている。

横薙《よこな》ぎに振るわれた龐煖の矛が、有カクの肋骨《あばらぼね》ごと内臓まで叩き潰《つぶ》したようだった。

龐煖が動くたびに、誰かが死ぬ。

ほんの少し前まで勝利の宴《うたげ》を楽しんでいた飛信隊には悪夢そのものだが、現実である。

見たものを信じたくないかのように、尾平が呟《つぶや》く。

「嘘だろう……そんな……そんな……――」

飛信隊隊員の屍体があちらこちらに転がる中で、龐煖がゆっくりと振り返る。

たき火の炎に、龐煖の風貌が露《あら》わになった。

鋭い眼光、無骨な顔つき。一際目《ひときわ》を引くのは、額《ひたい》から右頬に刻まれた、一条の傷痕《きずあと》である。

その傷をつけたのが王騎だと知るものは、この場に一人もいない。

そして、龐煖と王騎の深い因縁も飛信隊の誰一人、知る由《よし》もなかった。

飛信隊にとってはただ、龐煖は仲間を斬殺した憎むべき敵であった。

龐煖と飛信隊の睨《にら》み合いの場に、席を外していた信が駆けつける。

一瞬の躊躇《ちゅうちょ》もなく、信は背中の剣を抜き放った。

「てめえッ！」

信が龐煖に飛びかかる寸前、近くにいた沛浪が信の肩を摑んだ。

「やめろッ！　敵《かな》う相手じゃねえッ!!」

「うるっせえッ!!」

信が吠え、沛浪の手を振り払って龐煖へと駆けだす。低い姿勢で一気に距離を詰め、龐煖の直前で剣を振りかざし、跳んだ。

体重を乗せた、空中からの斬撃。よほどの相手でも、防御に構えた剣ごと叩き切れる。

必殺の一撃。だがその剣が龐煖に届くことはなかった。

矛が霞《かす》むほどの早業《はやわざ》で、龐煖が宙の信を撥ねのける。

「!?」

信が、沛浪のそばまで強烈な勢いで吹っ飛び、顔面から地に落ちた。

「信!!」「隊長!!」

飛信隊の隊員たちから、その身を案じる声が上がる。

信はすぐさま身を起こして剣を構え直そうとしたが、足下がおぼつかない。たった一撃だが、受けた痛手は無視できないほどらしい。

体勢を立て直せないまま、信が龐煖を睨みつける。

龐煖が、多少の興味を持ったというように信を見据えている。

睨み合うこと、数瞬。誰もが息を呑む。

その時だ。龐煖の背後に白い疾風が躍《おど》った。

伝説的な暗殺者、蚩尤《しゆう》を頂点に戴《いただ》く一族、羌《きよう》族出身の少女。

飛信隊随一の剣の腕を持つ副長、羌瘣である。

完璧に気配を殺して夜陰に紛《まぎ》れていた羌瘣が、信との睨み合いというわずかな隙《すき》を突き、龐煖を強襲したのだ。

低い姿勢から羌瘣が斬撃を放つ。狙いは龐煖の足下。足首の腱を断つのが狙いらしい。

羌瘣の愛剣、無数の人間の血を吸ってきた緑穂《りょくすい》の刃が、たき火の光を撥ねて閃《ひらめ》く。
龐煖には、羌瘣がまったく見えていないはず。
だが、見透かしていたかのように龐煖が跳び、羌瘣の剣が空《くう》を斬る。
羌瘣が驚愕の表情を浮かべ、ざざっと足裏を滑らせて向きを変え、信の隣へと並んだ。
その視線の先。宙で身を翻《ひるがえ》した龐煖が、背を向けて地に降り立った。
信に少し遅れてこの場に駆けつけた尾到が、呆然と声を漏《も》らす。
「羌瘣の一撃をかわした……？」
羌瘣の強襲は、来るとわかっていても避けられるものではない。
しかも今の一撃は、完全に龐煖の虚を衝《つ》いていたように見えた。
だが現実として、龐煖は羌瘣の斬撃をあっさりとかわしたのだ。
目《ま》の当たりにしても、信じられることではなかった。
信が声を張る。
「誰だ、てめえはッ!!」
「我――武神。龐煖なり」
沛浪の問いには答えなかった龐煖が、信には、はっきりと名乗った。
武神。
その言葉に、羌瘣が顔色を変える。

羌瘣は、蚩尤に連なる羌族の出身だ。そして羌瘣は、自身に神を堕《お》とす蚩尤の奥義、巫舞《みぶ》の使い手である。

その羌族が異怖する存在――それこそが、武神。

神を、身体に宿す者。

武神は、純粋な武そのものだ。人が人の身のままで抗《あらが》える存在ではない。

「……武神……」

信は龐煖を睨みつけたまま呟き、剣の柄《つか》をきつく握り直した。

第一章

敗走の夜

一瞬にして飛信隊《ひしんたい》を蹂躙《じゅうりん》した襲撃者、龐煖《ほうけん》と、信《しん》と羌瘣《きょうかい》は対峙《たいじ》している。

信は上半身をやや前のめりにして剣先を下に向け、いつでも飛びかかれる姿勢だ。

その隣。羌瘣はあらゆる龐煖の動きに対処するためか、片手に剣をだらりと提《さ》げ、自然体で立っていた。

信が龐煖を見据えたまま、傍《かたわ》らの羌瘣に問う。

「……武神。羌瘣、武神ってお前が言ってたやつか」

先ほど、龐煖は自《みずか》らを武神と名乗った。

武神という言葉を、信は羌瘣から聞いたことがあった。

神を身体に宿すもの。

ただひたすらに殺人の技を磨き続けてきた羌瘣の一族でさえ、畏《おそ》れる存在。

それが、武神。

羌瘣が、声を抑えて応《こた》える。

「わからん。だが、本物だとしたら、武神には近づくな。それが里に伝わっていた教え」

近づくな。それはすなわち、戦うなということだ。

しかし、今の信と羌瘣には無理な話である。

信が怨嗟《えんさ》で絞り出すように、告げる。

「関係ねぇ！　武神だろうが何だろうが、こいつは、仲間を大勢殺《や》りやがった」

怒りに満ちた目を信に向けられてなお、龐煖は平然と立っている。まるで信など眼中にないとでも言うかのように。

「……絶対、許さねぇ。仇《かたき》を討つぞ、羌瘣！」

「……当然だ」

信と羌瘣は、じりじりと動き始めた。

信は龐煖の左へと、羌瘣は龐煖の右へと、数歩の距離を保って半円を描くように移動する。

龐煖は、信と羌瘣のどちらを見るでもなく、矛《ほこ》を提げた姿勢のままだ。

緊張感が高まる中、戦いを見守る飛信隊隊員の間で、尾到《びとう》がじれたように呟《つぶや》く。

「くそ、俺らも」

「足手まといになるだけです」

すぐに止めたのは澤圭《たくけい》だ。その顔には明らかな不安の色が浮かんでいる。沛浪《はいろう》も心配そうだ。

「あの二人だけで大丈夫か？　バケモンだぞ」

化け物。当然、龐煖のことだ。現れるなり十人以上の飛信隊隊員を簡単に惨殺した龐煖である。化け物どころの存在ではない。

だが、尾平《びへい》は澤圭や沛浪とは違うらしい。信頼した目で、信たちを見ている。

「いや。信と羌瘣なら」

これまでの戦場の日々。信と羌瘣は時に一人で、時に二人で協力し、難局を幾度も突破してきた。
今日もまた信は、不可能とさえ思えた二万の兵を率いる趙《ちょう》の将軍、馮忌《ふうき》の首を獲《と》った。
信と羌瘣なら、やってくれる。
飛信隊の隊員にとって、この隊長と副隊長は、誰よりも信頼できる存在となっていた。
見守る飛信隊の視線を背に、信と羌瘣が左右から龐煖へと襲いかかる。
信と羌瘣では、羌瘣のほうが速度においても技においても剣の腕は上だ。
それを瞬間で見切ったか、龐煖が迎撃の矛を向けたのは、羌瘣である。
「!」
瞬《まばた》き一つさえ許されない勢いで振るわれた矛の刃を、羌瘣がかろうじて剣で受けた。
龐煖の矛は、羌瘣の重さなど無視するように勢いが衰えない。
剣もろとも吹っ飛ぶ羌瘣。一拍遅れて、信の剣が龐煖に迫る。
次の瞬間。横薙《よこな》ぎに振るった矛の勢いそのままに、龐煖が回転した。
羌瘣よりも龐煖に肉薄していた信を、剣もろとも薙ぎ払う。
ごっと鈍《にぶ》い音がし、信が飛信隊隊員たちのいるほうへと弾《はじ》き飛ばされた。
「ああっ!」
悲愴《ひそう》さを感じさせる声を上げたのは、龐煖には劣るが巨体の竜川《りゅうせん》だ。
その竜川のそばに、受け身も取れずに信が頭から地に激突し、倒れ伏せる。

動かない信に、竜川が駆け寄り抱き起こす。

「しっかりしろ、信っ！」

信は幸いにも息があった。だが、完全に意識を失っている。

一方で羌瘣は、大きく飛ばされたものの転倒せずに着地し、体勢を立て直していた。

ちらりと羌瘣が信の状況を窺《うかが》う。動かない信の様子から、回復には少し時間を有すると判断したか、羌瘣は即座に単身で再び龐煖に挑む。

龐煖の懐《ふところ》にあえて飛び込まず、速い剣さばきで撹乱《かくらん》を狙うような羌瘣の動き。

常人には剣の軌跡を追うことさえ困難だろう羌瘣の剣を、龐煖が、羌瘣の体重よりも重さがありそうな矛で迎え撃つ。

刃《やいば》と刃が甲高《かんだか》い音を立て、弾き合う。互いに刃が相手に届かない。

羌瘣の剣が完璧に捌《さば》かれる光景など、飛信隊の誰も見たことはなかった。

「駄目かっ」

渕《えん》が悔しそうにこぼした時、羌瘣の動きが変わった。とっと軽く羌瘣が後ろに跳ねる。

それを隙《すき》と見たか、龐煖が羌瘣へと矛を突き出した。

矛に胴を突かれるその瞬間、羌瘣が今度は上に跳ね、あろうことか、突き出された強大な矛の柄の上に乗り、駆けた。

龐煖に斬撃が届く距離まで、矛の柄を走れば一直線で、一瞬だ。

今度こそ、羌瘣の剣、緑穂《りょくすい》の刃《やいば》が龐煖の首筋を捉《とら》える——

刹那《せつな》、龐煖が矛をぶん回した。羌瘣の剣は空《くう》を斬り、姿勢を崩して宙を飛ばされる。

羌瘣が、自分から地に転がることで勢いを殺し、膝《ひざ》をついて身を起こす。

そこに龐煖の矛が降ってくる。すんでのところで羌瘣が横に身を投げ出し、矛の刃が地面を割った。

直撃すれば一発で人間を肉塊《にくかい》に変える龐煖の一撃が、次々と羌瘣へと放たれる。

転がって逃げる羌瘣が意図してのことか、龐煖が信を抱《かか》えた竜川から遠ざかった。

澤圭、尾平《びへい》、尾到が信のもとに駆け寄る。

「信！　おい、信！」

尾平の呼びかけに、しかし信は応えない。まだ意識が戻らないようだ。

その信の様子を、ちらりと羌瘣が窺う。

わずかに出来た羌瘣の隙を龐煖は見逃さず、いっそう鋭い突きを放った。

円を描くように横にかわす羌瘣、追う龐煖の矛。やがて羌瘣はかわしきれなくなり、剣で矛を受けるしかなくなった。

最初に迎撃された時と同じく、羌瘣が大きく吹っ飛ばされる。

羌瘣が宙で姿勢を整えて降り立ったのは、飛信隊の近くだ。

沛浪がすぐさま羌瘣に駆け寄った。

「大丈夫か、羌瘣!?」

羌瘣は、沛浪には答えない。数歩向こうで矛を構えた龐煖を見据え、小さく息をつく。

「トーン、タンタン……トーン、タンタン……」

羌瘣が、呟くように拍子《ひょうし》を取り始める。剣を胸の前に立てて構え、トッとつま先で地を軽く蹴って跳ねる。

「トーン、タンタン。トーン、タンタン」

自己暗示により意識を深く沈め、その身にひとときのみ、神をおろす。

巫舞《みぶ》と呼ばれる、羌瘣の一族に伝わる特殊な呼吸法の一種である。

わずかにだが、龐煖の眼の色が変わった。

「トーン、タンタン…」

地を蹴った羌瘣の姿がかき消える。先ほどまでとは比較にならない速さで龐煖へと疾駆する。

無数にさえ見える剣閃《けんせん》が龐煖に浴びせられる。

恐るべきことに、その全ての刃を龐煖が矛で受け、さらには反撃に出る。

「！」

羌瘣が横薙ぎに振るわれた斬撃をかいくぐり、龐煖の視線が、彼自身の矛によって遮《さえぎ》られた瞬間に、一気にその背後に回り込んだ。

龐煖には羌瘣が消えたようにしか見えなかったはずだが、背後に回り込むのを龐煖は予想していたのだろうか、身を翻《ひるがえ》して龐煖が羌瘣を追う。

その動きよりも速く羌瘣はさらに龐煖の後ろをとり続け、龐煖の死角から斬撃を放った。

見えるはずのない一撃を、龐煖が矛を背後に回して受け止める。

「!?」

驚愕する羌瘣に、龐煖が振り向きざまに矛を振るった。

避けるために後ろに跳ぶ羌瘣だが、龐煖の矛が逃がさない。羌瘣はかろうじて剣で矛を受けたが、大きく吹っ飛ばされてしまった。

羌瘣は地面を転がって勢いを殺し、飛信隊の隊員たちのすぐそばで身を起こしたが、息は荒くなっている。

羌瘣の巫舞は、長くは続かない。呼吸が荒くなったのが、限界を迎えた証拠だ。

その様に尾到が顔色を変える。

「兄貴、羌瘣の様子が！」

「逃げろ、羌瘣！」

尾平が叫ぶと同時に、距離を詰めてきた龐煖が羌瘣めがけて横薙ぎに矛を振るった。

羌瘣の近くにいる隊員まで巻き込む一撃だ。

「離れろ!!」

羌瘣が隣の隊員を突き飛ばし、自身も身を投げ出して龐煖の矛を避ける。

羌瘣とその隊員はどうにか矛をかわしたが、他の隊員たちは、違った。

次々と、龐煖の振るう矛の餌食《えじき》になってしまう。

「まずいぞ」

と沛浪。羌瘣の目の前で、龐煖が一人の隊員を矛の先端に引っかけて持ち上げた。

「〜〜!?」

その、どうすることも出来ない隊員を龐煖が他の隊員たちに叩きつけ、まとめて屠《ほふ》る。

「やめろ!!」

羌瘣が仲間を救おうと、呼吸が整わないままで龐煖に抵抗する。

龐煖が矛で地面をすくい上げるように払った。土砂や落ちていた武具が、羌瘣たちのほうへと投石機から放たれた礫弾《れきだん》の勢いで降りかかる。

それらを羌瘣はどうにか避け、龐煖へと駆けた。

羌瘣が突き出される龐煖の矛の柄に再び飛び乗り、龐煖の首を狙ってその上を走る。

今後こそ、と羌瘣の決死の覚悟が籠《こ》もった剣を、首を捻《ひね》って龐煖がわずかに避けた。

直後。先ほど仕損じた時と同じように、龐煖がぶん回した矛で羌瘣が吹っ飛ばされる。

羌瘣が地を転がり、身を起こそうとしたが、踏ん張れずに這いつくばった。

巫舞の効果が切れた状態で無理をした反動で、もはや羌瘣の身体はまともに動かない。

その羌瘣に向かい、ゆっくりと龐煖が歩を進めつつ、口を開く。

「あの男かと思い、出てきたが。お前も我が敵、〝神を堕とす者〟か……」

やはり龐煖は、蚩尤に連なる羌族と巫舞の存在を知っているようだった。

動けず睨《にら》むだけの羌瘣に向け、龐煖が矛を振り上げる。

「これも天の導き。だが天が畏れる者は、この龐煖、ただ一人」

ごおっと大気を震わせ、龐煖の矛が羌瘣に振り下ろされる。

命を絶つ絶対の一撃が、羌瘣を捉える──

かに見えた瞬間に、真横から飛び出した影が羌瘣をかっさらった。

空振りした龐煖の矛が、地を抉《えぐ》って土砂を巻き上げる。

すんでのところで羌瘣を救ったのは、信だった。

「おまえら！　槍！」

羌瘣を降ろした信が叫んだ。尾到が信の意図を察する。

「みんな！　槍を持て!!」

「お、おお」

飛信隊の隊員たちはわずかに戸惑《とまど》っていたが、迅速《じんそく》に動いた。槍を持っていたものは構え、剣を構えていたものは槍に持ち替える。

やられる一方だった隊員たちが、槍を手に龐煖を取り囲んだ。

矛を片手に提げたままの龐煖に、まったく動じている様子はない。

隊員たちの囲みが完成すると同時に、尾到が叫ぶ。

「今だ！　投げろ!!」

「「「おおおッ!!」」」

隊員たちが気合いと共に、龐煖めがけて槍を投擲《とうてき》する。

嵐のように降り注ぐ無数の槍に、無造作に龐煖が矛を振るった。

「……」

かすり傷一つ負うことなく、全ての槍を龐煖が払い飛ばす。

むしろ痛手を被《こうむ》ったのは飛信隊のほうだ。弾き返された槍に身体を貫《つらぬ》かれ、次々と倒れるものが出る。

地に伏していく隊員たちに、龐煖がつまらないものでも見るような目を向ける。

龐煖は今、背後の信を見ていない。

好機とばかりに、信が龐煖の背に強襲をかける。

「もらったあッ!!」

剣を振り下ろそうとした信の動きが、そこで止まった。

その信の腹には、龐煖の矛の石突きが深くめり込んでいる。

龐煖が振り向くことなく脇から背後に、矛の柄を突き出したのだ。

怒りに満ちていた信の目から、光が失せる。

「ごふっ」

信の口から血が溢れた。だらだらとあご先から血を滴《したた》らせながら、信が膝をつく。

「信殿っ!?」と渕。

「なにが起こったんだ!?」と沛浪。

飛信隊隊員たちには、石突きの一撃で信が戦闘不能に陥《おちい》ったことが信じられないようだ。

あまりの驚きに動けずにいる飛信隊をよそに、龐煖がゆるりとした動作で振り向き、信を見下ろした。

とどめとばかりに、龐煖が矛を振り上げる。

「やめろぉおお!」

悲痛ささえ感じさせる声を上げたのは羌瘣だ。ろくに動かない身体で、それでも信を助けるべく龐煖に斬りかかる。

「……」

龐煖が簡単に羌瘣をあしらった。その矛の一振りで、木《こ》の葉のように羌瘣が吹き飛ばされる。

改めて龐煖が信に矛を向けた、その時だ。

示し合わせることなく、尾平、尾到、沛浪、澤圭が盾《たて》を拾い上げて駆けだした。

全員が信の上に覆《おお》い被《かぶ》さり、盾を構えて一塊《ひとかたまり》となる。

その防護陣形は、死んでも信を守るという飛信隊の強固な決意を感じさせた。

亀の甲羅《こうら》のようになった四枚の盾に向け、龐煖が矛を振るう。

どおっという鈍い音と共に、あっけなく崩壊する飛信隊の防護陣形。散り散りに吹っ飛ばされる尾平たちだが、すぐさま地を這って信のもとへと戻り、再び防御陣形を作った。

「……」

くだらないと言いたげに矛を振るう龐煖。

吹っ飛ばされる、尾平、尾到、沛浪、澤圭。

全員が当然のように、信のもとに這って戻った。

そして三度目の龐煖の一撃も、どうにか凌ぐ。

信を殺すには、この場の全員を先に殲滅《せんめつ》しなければならない。そう龐煖が決論を下したのか、否《いな》か。

それはわからないが、ここで信が命を落とすことは、なかった。

「なにもんなんだ、アイツ……」

尾平がそうこぼした時だ。無数の歩兵の足音と共に、大音声《だいおんじょう》が惨劇の地に響く。

「全兵士に告ぐ！」

王騎《おうき》軍の軍長の一人、干央《かんおう》の声だった。飛信隊野営地の異変に気付いた干央が、兵を率いて現れたのだ。

「そこにいる男が！　趙軍総大将、龐煖だッ!!」

信を庇《かば》った状態のままで尾到が顔を上げる。

「え!? あいつが、趙軍の総大将!?」

沛浪の顔にも驚きが浮かぶ。

「十万の総大将が、たった一人で来たってのか!?」

意識がないはずの信の口から、呟きが漏《も》れる。

「……総大将、龐煖……」

干央からは倒れた信が見えているか、それは定かではない。だが現場の惨状から信の危機は理解しているだろう。

干央が片手を高く上げ、周囲に大声で命じる。

「大将首が、ここにある! 龐煖の首を獲《と》れッ!!」

龐煖めがけて干央軍の歩兵隊が雪崩《なだ》れを打って動き始めた時だ。地鳴りに似た音が夜闇から聞こえ始めた。

わかるものには、わかる音だ。急速に接近する騎馬隊の馬蹄《ばてい》の響きである。

干央軍の歩兵隊の数をはるかに凌《しの》ぐ趙軍の騎馬隊が、龐煖の背後に出現した。

尾平が呆然とした顔でこぼす。

「……マジかよ」

騎馬隊の先頭に、異様な長い白髪《はくはつ》が目を引く将がいる。

馬上のその男の名は、万極《まんごく》。昨日は四万の兵を率いていた、趙軍の一角を担《にな》う将軍だ。万極に、干央軍の狙いが龐煖だとわからないはずがない。

「させるか」

ぼそりと万極が呟く。

「かかれ」

万極の声は率いてきた騎馬隊に行き渡るような大きさではなかったが、万極軍騎馬隊の意志はすでに統一されていた。

「「「おおおおッ！」」」

数百はいるだろう騎馬が、一斉に駆けだす。

「き、来た！」と澤圭が焦《あせ》る一方で、渕が尾兄弟に指示を飛ばす。

「尾平！　尾到！　信を！」

尾平と尾到が信を助け起こし、尾到が信を背負う。少し離れた場所にいた、疲弊《ひへい》しきった羌瘣を抱え上げたのは、竜川だ。

信と羌瘣を尾兄弟と竜川が確保すると同時に、渕が叫ぶ。

「飛信隊、退却だ！」

干央軍歩兵隊と万極軍騎馬隊が激突して始まった大乱戦の最中《さなか》、飛信隊全員が全力で戦場から逃走を始める。

万極が逃げ出す農民兵たちを見やり、目を見開いた。

「……飛信隊……？　あれが、馮忌を討った飛信隊か……？」

ぼそぼそと呟く万極の声には、明白な害意が宿っていた。

馮忌の仇。決して逃がして、なるものか――と。

×　×　×

月の明かりさえ届かない、深い森の奥。

龐煖襲来、さらなる趙軍の出現によって敗走を余儀なくされた飛信隊が、行く当てもなく進んでいる。

今日、夕方までの戦で百人隊の三分の一が失われ、龐煖によって、さらなる隊員の命が失われた。

信を背負っているのは尾到だ。その近くを尾平や澤圭、沛浪といった蛇甘《だかん》平原の戦いからの馴染《なじ》みである兵が歩いている。

「何人、やられた？」

と沛浪。槍を杖代わりにして歩く尾平が、首を横に振る。

「わかんねぇ」

澤圭が周りを見つつ、誰にともなく問う。

「羌瘣さんは？」

「竜川が抱きかかえるところは見えたが、はぐれたな」

と尾到。身体の大きい竜川の姿は、どこにいても目立つ。羌瘣を抱えていればなおさらだから、一緒にいて見落とすはずがない。

逃走開始直後の混乱で、飛信隊が二つにわかれたのか、それとも三つ以上なのか、それさえ誰にもわからない状態だった。

誰もがただ逃げるのに、信や羌瘣を生かして逃がすのに、必死だったのだ。

尾平が顔を歪《ゆが》めて、ぶつぶつとこぼす。

「なんだよ。さっきまで、みんなで火ぃ囲んでバカ話ししてたのによ。なんで、こんなことになるんだよ」

納得などできないことではあろうが、幾つもの戦場を生き抜いてきた沛浪は達観しているようだった。

「わめくな。敵の総大将、討ち損《そこ》ねたんだから、仕方ねぇだろ」

あの場でもし、龐煖の首を獲ることができていたならば、こんな状況にはならなかった。

しみじみと、澤圭が呟く。

「もうちょっとでしたね……」

龐煖は、武神を名乗るにふさわしい化け物だった。

矛の一振りであっけなく何人もの命を奪う龐煖に、信は一瞬たりとも怯《ひる》まずに挑んだ。

沛浪が、尾到の背の信に目を向ける。

「ああ、惜しかった。しかし大した男だな、俺らの大将は」

「ああ」と頷《うなず》く尾到。いまだ意識を失ったままの信に、この場の全員の視線が集まった。

沛浪が改めて口を開く。

「尾到。信を死んでも放すなよ。そいつさえ生きてりゃ、飛信隊は死なねぇんだからな」

「ああ、任せろ……」

尾到が決意を口にした、その時だ。敗走の列の後方で、隊員の誰かが声を上げる。

「来たぞ!」

全員が足を止めて振り返る。

彼らの視線の先、闇の奥。松明《たいまつ》のものらしき無数の炎が揺らめき、騎馬の走る音がする。

「見つけたぞ、飛信隊」

歩兵隊と騎馬隊が現れた。率いているのは万極だ。大軍の将が部下に命じず、自らが捜索と追撃を指揮している。

馮忌の仇を、万極は人任せにはしたくないということだろう。執念である。

「囲め。一人も逃すな」

逃げ出す間も与えず、趙の騎兵が迅速に飛信隊を包囲し始めた。

包囲の輪が出来上がるまでのわずかな時間に、尾平と信を背負った尾到だけは、闇に紛《まぎ》れて茂みに身を隠す。

その様子を沛浪が確かめたと同時に、騎兵による包囲網が完成した。

飛信隊は歩兵の集まりだ。馬を操る騎兵とは、絶対的な機動力が違う。単純に逃げ出そうとしても、飛信隊は全滅させられる可能性が高い。

尾兄弟と共に潜《ひそ》んだ信を生かすため、沛浪たちは意を決する。

沛浪が大仰《おおぎょう》な仕草で、馬上の万極に大声で告げる。

「てめぇが隊長か。いいのか、こんなゆるい包囲で？　俺たちは、二万の馮忌軍に風穴開けた飛信隊だぞ！　なめてかかるとその首、叩き落とすぜ！」

しかし万極に動じる様子はない。淡々と言い返す。

「……やってみろ」

だろうな、と沛浪は高笑いをし、仲間を鼓舞する。

「はっはっはっはっ!!　飛信隊は、こんなところで死ぬタマじゃないぜ。わかってんな、てめえらッ！」

わかっているな。その言葉の意味することを、飛信隊の誰もが理解している。

信を逃がすために、命をかけろ。

飛信隊に、異を唱えるものなど一人もいない。

隊員たちが雄叫《おたけ》びを上げ、構える。来るか、と趙軍の囲みに緊張が走った。

「「おおーッ!!」」

「おまえら！　逃げろおッ!!」

沛浪の号令で、一斉に隊員たちが身を翻して逃走を始めた。

誰一人申し合わせたわけでもないのに、逃げる方向は同じだ。尾兄弟と信が身を潜めた茂みの逆方向である。進路上に敵がいても構わずに、たとえ無様に見えようとも逃げる。

隣で仲間が斬られようが、飛信隊は誰もためらわない。

追撃の趙兵たちをこの場から遠ざけるために、たとえ一人になろうとも、飛信隊は逃げるのだ。

次々と仲間が倒れ、それでも逃げていく様を、尾平と尾到は瞬《まばた》きもせずに見ていた。

「みんな、俺たちを逃がすために……」

と尾到。尾平がすぐさま訂正する。

「俺たちじゃねぇ。信を、だ。……行くぞ、尾到」

ほとんどの趙兵たちが飛信隊を追っていなくなった。残っているのは、万極とわずかな騎兵のみだ。

尾平は背中に、尾到は脇腹に傷を負っているが、痛みに呻《うめ》くことなく息を殺す、万極たちに気取《けど》られないよう茂みの中を歩きだす。

敵が気付いた様子はない。万極はどこか訝しげな顔をしているだけだ。

隣の馬上で、万極配下の将が問う。

「どうされました、万極様？　追わないので？」

「あの隊の隊長は、馮忌を討った小僧だったはずだ。あの中にはいなかった」

万極は、沛浪に煽《あお》られても冷静に状況を観察していたようだ。

油断も慢心もすることなく、残った兵たちに万極は命じる。

「周囲を捜せ」

×　×　×

飛信隊が危機に瀕《ひん》していた、その頃。

信と尾兄弟の故郷である城戸村《じょうとむら》の外れでは、一人の若い女が、岩をくりぬいて作られた小さなほこらの前に座し、祈りを捧げていた。

祈りの対象は、いくつかの小さな油皿の灯火に照らされた、村の守り石。

女の名は、東美《とうび》という。村でも指折りの可愛らしい美人であり、尾平の婚約者だ。

真剣な面持《おもも》ちで祈る東美に、片手に粗末な手燭《てしょく》を掲《かか》げて近づく影がある。

手燭の油皿の火に照らされているのは、こちらも若い女だ。東美が気付き、目を向ける。

「友里《ゆうり》さん」

やってきたのは尾平の弟、尾到の婚約者の友里だった。

「東美。こんな夜更《よふ》けまで、尾平のためにお祈り？」

「そういう友里さんだって」

友里が東美の隣に膝を折って座り、手燭を横に置いて地に両手をつき、深々と頭を下げる。

ひとしきり伏した後、友里は頭を上げて胸の前で両の掌《てのひら》を合わせて祈った。

東美もまた、再び守り石に祈りを捧げる。

二人の思いは同じだろう。どうか、あの人が帰ってこられますように、と。

祈る彼女たちのそばに、老婆と中年の女が歩み寄る。先に気がついたのは東美だ。

「コウくんのおばあさんと、お母さんだ」

「コウとケイも尾到たちと同じ徴兵《ちようへい》だったね」

言いつつ友里が、すっと立ち上がる。

東美も腰を上げ、二人揃って少し横に移動し、座り直した。

入れ替わりで、老婆と女が先ほどの友里と同じ作法で守り石に祈りを捧げる。

さらに幾つもの人影が、守り石へと近づいてきた。年齢の違いはあるが、全員が女だ。

皆、愛する男を戦場に送り出した女たちである。

村に残された女たちにできるのは、ただ、男たちの無事を祈ることだけだ。

東美が泣きだしそうな顔をする。

「……私。怖いよ、友里さん。本当はもう、尾平さんたちは――」

不安げに、両目に涙を湛《たた》えて東美が続ける。

「死んでしまってるんじゃないか、って」

「大丈夫。あいつら、いつも頼りないけれど。やる時はやる男だから」

友里の言葉に、再び東美が守り石に手を合わせた。

「うん……無事に、帰ってきてください」

友里もまた、守り石に向け手を合わせた。

「……尾到」

ささやくように、友里。その手の中には、小さな石がある。

粗末ながらに革紐《かわひも》で飾った、お守りの石だ。戦場に赴《おもむ》く日に、尾到に渡したものとお揃いのお守りである。

闇に小さな灯火が揺らめく中。城戸村の女たちはただ、祈り続ける。

×　×　×

どれほどの時間が過ぎたのか。樹々の隙間からは、中天に佇《たたず》む月がわずかに見える。

森の中を、山頂に向かうであろう方角に進む尾平と尾到の息は、かなり荒く不規則になっている。

息の乱れは、疲労のせいだけではなく、負った傷のせいだ。手当てをする道具も時間もなく、尾平の背と尾到の脇腹の傷は、悪化する一方である。

尾到の背負っている信は、意識が戻っていない。息だけは途絶えていないのが唯一の救いだ。

「……」

尾平がふらつき、杖代わりに使っている槍で身体を支えきれずに倒れ込んだ。

「兄貴」

尾到は背負っていた信を傍らに降ろして寝かせると、四つん這いで尾平に身を寄せた。

尾平が重そうに上半身だけを起こし、尾到に顔を向ける。

「大丈夫だ。まだ、終わらねぇ。終わって、たまるか……」

尾平は立とうとしたが、それさえままならない。すぐに突っ伏してしまう。

「兄貴……」

尾到の顔色も悪く、息は荒い。どちらも限界をとっくに超えていた。

趙軍の飛信隊捜索は、今も続いているようだ。

樹々の向こう、闇にちらちらといくつもの炎が揺れている。

信を探す趙兵の松明《たいまつ》に違いない。

「追手が……」

気付いた尾到だが、まだ動けなさそうだ。そんな弟に、兄が訊《たず》ねる。

「……到。信の心臓は動いているか？」

尾到は傍らの信の胸に手を当て、その鼓動を確かめる。

数秒の後、尾到は頷いてみせた。

「ああ」

ぐぅう、と尾平がうめきながらも上半身を起こす。

「俺のも、お前のも、まだ動いてる。だったら信は、こう言うよな。まだ何も終わってねぇってよ」

そうだな、と尾到が再び頷いた。

「お前、まだ歩けるか？」

問う尾平に、尾到はすぐさま答える。

「ああ」

二人とも膝をつき、上半身だけを起こしている状態だ。横になっていた時間は、ごく短い間のみである。

それでも、ここまでまったく休憩を取らなかった彼らは、わずかな間でも身体を休められた。

かすかだが、体力が戻っている。

　こうしている間にも、追手は迫る。いつまでも休んではいられない。

　尾平が決意を顔に表わした後、笑みを浮かべた。

「じゃあ、ここで別れるぞ」

「……？」

　意味がわからないというような表情の尾到に、尾平が自身の服を千切り、尾到の脇腹の傷に押し付けた。

「奴らは、俺たちの血を辿《たど》って来てる。俺はここから脇に進んで奴らを引き付けるから、お前はこれで血を止めながら登っていけ」

「そんなことしたら、兄貴が」

　尾到が片手で尾平の肩を摑んだ。その手を尾平が払いのける。

「到。俺たちで、信を守り抜くんだ。飛信隊の隊員として、城戸村の友達《ダチ》としてな」

「兄貴……」

　泣きだしそうな顔の尾到に、尾平が笑いかける。

「妙な顔すんな。奴らをまいたら合流する、死ぬ気はねぇって。村で東美が待ってるからな。信を頼んだぞ、到」

「ああ」

尾平と尾到は頷き合い、重たげに腰を上げる。

寝かせていた信はまだ、意識を取り戻していなかった。

尾到は信を背負い直すと、山頂のほうへと足を向ける。

尾平は尾到と信を見送ると踵《きびす》を返した、囮《おとり》になるために、追手の松明が見える麓《ふもと》のほうへと歩き出す。

×　×　×

信を捜索する趙兵たちが、わずかな痕跡も見逃さないよう地に這いつくばり、人が通り抜けられそうな藪《やぶ》の枝葉の間を慎重に確認している。

一人の兵からの報告を受けた万極配下の将が、主《あるじ》の万極に大声で伝える。

「万極様！　血痕を見つけました！」

馬から降りていた万極が、将に案内されて進む。

将が指し示した先、山頂に向かう方角に点々と血と思《おぼ》しき痕跡があった。

将が地面を注意深く観察し、足跡に気付く。

「足跡は二つ。血の量からして、かなりの傷を負っているものと思われます」

「それだ。間違いない」

万極が気付いたように、追い詰めた飛信隊の中に、信の姿はなかった。

となれば、この痕跡こそ追うべき対象だ。将もそう判断したらしい。

「血痕を辿るぞ！」

将の号令で、すぐさま追手の趙兵が動き出す。

標的は馮忌将軍の仇、飛信隊隊長、信。ただ一人である。

× × ×

尾到は片手で背後の信を支え、もう片方の手で、血の痕跡を残さぬように布で脇腹の傷を押さえ、藪の中を山頂近くまでやってきた。

下方に目を向けると、遠くで松明の群れが遠ざかっていく様が見えた。

「兄貴……」

囮となった尾平が、趙軍捜索隊を引きつけているに違いない。

どうか逃げ切ってくれ、と祈る間もなく尾到は咳《せ》き込み、血を吐いた。そのまま倒れ込みそうになるが、気力だけで踏ん張る。

「くたばりゃしねぇぞ。城戸村の男は丈夫が取り柄だ。なぁ、信」

背の信に語りかけ、尾到は再び歩き出した。

「……」

うっすらと信は目を開いた。

黒い空に、樹々の枝葉の影が揺れている。その向こう、青白い月の輝きがあった。

虫の声が聞こえ、背から伝わる感触で草むらに寝そべっていることを理解する。

頭がぼんやりしたまま、信は顔を横に向けた。

隣に尾到が寝ていることに、信はすぐに気付いた。

信の視線を尾到も察したらしい。尾到が信に、顔だけを向ける。

「気がついたか、信」

普段の挨拶《あいさつ》のような、何気ない言葉だ。まだ意識がはっきりしない信が、小さく笑って返す。

「おー、尾到。今、村の頃の夢を見てた」

「奇遇だな。俺も、お前と初めて会った頃のことを思い出してた」

尾到の口調は普段とあまり変わらなかったが、どうも呼吸の様子がおかしい。

その違和感からか、信は意識がはっきりしてきた。

今夜、なにが起きたのか。それを思い出し、勢いよく上半身を起こす。全身に走った痛みに顔をしかめながらも、尾到のほうへと身を乗り出した。

「どうなってる！　ここはッ!?　おい、尾到!!」

意識がなかった信は、事の経緯《けいい》がまったくわからず支離滅裂《しりめつれつ》に近い問いを尾到に投げかけた。

落ち着け、とばかりに尾到が淡々と答える。

「大丈夫だ。まだ、横になってろ」

×　　×　　×

城戸村の友里は夜更けに一人、守り石に祈りを捧げていた。周りには誰もいない。

そこに東美がやってくる。気付いた友里が、胸の前で手を合わせたまま、そちらを見やった。

「東美また来たの？」

友里の問いに、うん、と頷く東美。

「なんだか、胸騒ぎがして……」

「東美もか」

東美が友里の隣に座り、手を地について深々と頭を下げる。

顔を上げ、胸の前で合わせた友里の手には、尾到と揃いのお守りの石があった。

静寂《せいじゃく》の中、東美と友里は一心に祈る。

×　　×　　×

信と並んで草の褥《しとね》に横たわった尾到の手には、友里から受け取ったお守りの石が、握られている。

尾到に促《うなが》されて身体を休めた信は、ここまでの出来事を尾到から聞かされた。

「じゃあ、俺を逃がすためにみんな、体を張ったってのか。くそっ、何やってんだ俺は……」

「……」

尾到が無言でお守りの石の革紐をつまみ、顔の前に提げてそれを見つめた。

「干央たちはどうなった？　龐煖は？」

焦《じ》れている信に対し、尾到の表情は穏やかだ。

「信。今はそういう話、やめにしないか。龐煖の顔を思い出すだけで、二人とも、治る傷も治らねぇ」

傷。その言葉に信は察する。

「……尾到。お前、怪我してるのか？」

「大丈夫だ。お前より重傷じゃねぇ。ただ今は、ほんの少しだけ楽しい話がしたいんだ」

「……」

信は尾到の様子を確かめた。尾到の表情はやはり、穏やかなままだ。

確かに今は身体を休めることが大事だと、信は一つ息をつき、身を横たえ直した。

互いに夜空を見上げたまま、語り合う。

「信。俺たちが初めて会った時のこと、覚えているか?」

「ああ。尾平がちょっかい出してきて、お前ら二人、ぶっとばしてやった」

「あれから喧嘩ばかりしてたな。お前は大将軍になるって言って、俺たちはみんなお前をバカにしてた」

くくっと笑いをこぼす尾到。信の顔にも笑みが浮かぶ。

「おお。だから毎回、ぶっ飛ばしてやった」

ははっと二人、短く笑う。わずかに尾到の息が乱れているが、信は気付かない。

短い沈黙を挟み、尾到が再び口を開く。

「信、本気でなれると思うか? 大将軍に」

「……」

尾到はなにか言いたげだ。信は黙って尾到の言葉を待つ。尾到が真剣な顔で、語り始める。

「下僕が将軍になるなんて、並大抵のことじゃない。実際、戦場に出て感じたよ。まさに夢みたいな話だってな」

「……」

「一つでもしくじれば。そこで、死んで終わりだ」

「……」

尾到の言葉はまだ続きそうだ。信は口を挟まずに聞く。

「だけど。お前は龐煖相手に生き残った。隊のみんなが命をかけてお前を守ったからだ。命令でもないのに命がけで」

龐煖の一撃で意識を失った信を、飛信隊は守りきった。誰に命じられたわけでもなく、全員が自然と動いたのだ。

尾到もまた、信を龐煖から庇ったその一人である。

「これは、普通のことじゃねえ。普通の隊長にはできねぇよ。だから思ったんだ。信は本当に大将軍になれるってな……――ごふっ、げふっげふっ！」

尾到が激しく咳き込んだ。信は思わず焦る。

「お、おい！　大丈夫かっ？」

「……俺は。お前のダチで、本当に良かったと思う……」

尾到の声が、だんだんと小さくなっていく。信は首だけ起こして顔を尾到に向け直した。

「おい待てよ、尾到。お前、なに言ってんだよ」

「信、お前と一緒に夢を見てぇと思ったんだ。それでいいんだ。そうやってお前はこれから、大勢の仲間の想いを乗せて、天下の大将軍に、駆け上がっていくんだ」

さらに尾到の声が小さくなり、息も細くなっていく。

「尾到、お前……」

「絶対なれるぞ。信……──」

尾到の目が閉じられ、ふっと息が止まる。信は、身体の痛みも忘れて跳ね起きた。

「び、尾到!?　尾到!!　おい!!」

信は尾到に覆い被さり、声を張り上げる。

「死ぬんじゃねぇっ！　尾到！　おい、尾到ッ!!」

「……なんつってな」

うっすらと尾到が目を開け、わずかに口元に笑みを浮かべた。

信は大きく頭を振って、再び身を横たえる。

「っ！　ふざけんじゃねえ、バカ野郎ッ！」

口では怒ってはいるが、信は心底、安心したような表情だ。

「はは、わりぃ。はーあ……」

尾到が力なく笑い、深く息をつくと再び目を閉じた。

「少し、眠ろう。がらにもなく、長くしゃべったら疲れた」

「ああ」と信も目を閉ざした。すぐさま疲労で意識が遠くなる。

「……友里」

それが、眠りに落ちる寸前に信が聞いた、尾到の最後の言葉だった。

×　　×　　×

城戸村の守り石に、懸命に祈りを捧げていた友里が、はっと目を見開いた。

そして瞬きもせずに夜空を仰ぎ、肩を小さく震わせる。

「どうしたの、友里さん？」

隣の東美の問いに、友里は虚空《こくう》を見つめたまま答える。

「今。尾到の声が――ごめんなって……」

友里の双眸《そうぼう》から涙が溢れた。東美が無言で、友里の頭を胸に抱く。

「あぁぁぁ……ぁああ……あああああっ」

嗚咽《おえつ》から慟哭《どうこく》へと、友里の声が静寂の中に消えていく。

遠い戦場で尾到が息を引き取った、その時であった。

×　　×　　×

どれほど眠っていたのか。目覚めた信の瞳に映る空はまだ暗く、月明かりが辺りを照らしている。

信は隣の尾到に顔を向け、はっとする。

尾到は、胸の上にお守りを握った手を置いている。その胸は微動だにしない。

青白い顔は生気を失っている。尾到はもう、息をしていなかった。

信は跳ね起き、尾到にすがりつく。

「尾到。おい、尾到。尾到！　おいッ!!」

信が揺さぶり声を荒らげても、尾到に反応はなかった。

「二度も同じ手食うかよ。おい！　しつけぇぞ、早く起きろよっ」

青白い尾到の顔に、表情が戻ることはもうなかった。

信は尾到の胸に顔を伏せる。その信の顔はもう涙に塗《まみ》れていた。

「早く起きろよ……尾到、ふざけんなよ……ばかやろう……ばかやろう……」

信の押し殺した声が、森の闇に吸い込まれる。

夜明けはまだ、遠い。

第二章

幾重にも隠された罠

東の空が白《しら》み始め、やがて静寂《せいじゃく》の森に朝日が差し込んだ。

敗走したものたちにとっては永遠に思えただろう、惨劇の夜がついに明ける。

明るくなりつつある空の下。ピィイイィと甲高《かんだか》く、鳥のさえずりに似た音が響いた。

周囲を見渡せる高台の一角で、飛信隊《ひしんたい》の隊員が鳴らす笛の音だ。

自《みずか》らの生存を知らせ、散り散りになった生存者への呼びかけである。

笛を鳴らす隊員のそばにいるのは、飛信隊副長の一人、渕《えん》だ。

周囲を見渡す渕が、巡らす視線を一点に止めた。

森の方角から見知った顔が幾つか、現れたのだ。

「沛浪伍長《はいろうごちょう》たちだ！」

沛浪と澤圭《たくけい》が、隊員の一団を引き連れて戻ってきた。

「竜川《りゅうせん》伍長たちも来たぞ！　羌瘣副長《きょうかい》も一緒だ！」

別の隊員が声を上げた。沛浪たちとは別の方角から、羌瘣を背負った竜川と尾平《びへい》、数人の隊員がやってきた。

沛浪たちも竜川たちも、全員が満身創痍《まんしんそうい》だった。皆が互いに、よく生き残ったなという顔をしていた。

渕のもとに、飛信隊の生き残りが集まる。

沛浪が、羌瘣を背負った竜川に問う。

「竜川、どうして尾平と？」

尾平は逃走の際、沛浪たちと共にいた。万極《まんごく》に見つかり、沛浪たちが敵の注意を引きつけて信を逃がすにあたって、尾平は信《しん》を背負った尾到《びとう》と別行動をとっていたはずだ。

尾平は竜川とこの場に現れたが、信と尾到の姿はない。

澤圭が、やや慌《あわ》て気味に生き残りを見回す。

「待ってください、信君と尾到さんは？」

竜川は、尾兄弟が別行動をした後のことを尾平から聞いていたようだ。

「追っ手をかわすために、尾平が囮《おとり》になったらしい」

と竜川。続けて、

「それで信を追っていた俺たちが、ぼろぼろの尾平と会った。それから俺たちも追手に追われたが、羌瘣副長が殿《しんがり》で無茶してくれたんだ」

竜川に背負われていた羌瘣が告げる。

「降ろせ、もう大丈夫だ」

羌瘣が竜川の背から降り立った。多少辛《つら》そうではあるが、己《おのれ》の足で地を踏みしめている。

疲労しているのに違いはないが、羌瘣に深刻な怪我はなさそうだった。

となると。案ずるべきは、信と尾到のみである。

沛浪が難しい顔をして、小さく唸《うな》った。

「ってことは。信を守ってるのは尾到だけか」

すぐさま尾平が口を出す。

「到なら大丈夫だ」

尾平は槍にすがってどうにか立っている状態だが、そう確信している顔をしていた。

「尾平さん」と澤圭。尾平がやや早口で誰にともなく主張する。

「あいつは頼りになる。ただきっと怪我で動けないんだ。捜索隊を出してくれ、二人が向かった方向は大体わかる。俺が先導するから。頼む」

沛浪と常に行動を共にしている爽悦《そうえつ》という隊員が、尾平に同意した。

「すぐに出ましょう！」

飛信隊にざわめきが広がった時だ。渕が制するように声を上げる。

「その必要はない。隊長は、帰還された」

渕が指し示した先に、誰もが目を向ける。

そこには、尾到を背負って歩いてくる信の姿があった。

「信！」と真っ先に尾平が声を上げ、

「生きてやがった」と沛浪が安堵《あんど》の息を漏《も》らす。

隊員たちが、「隊長」と声を揃《そろ》えて信を迎え、囲んだ。

「信殿！」と渕が感極《かんきわ》まったかのように名を呼び、尾平が笑顔で信に駆け寄る。

「よく戻ったな、信！」

信の顔に笑みなどなく、悲痛さを湛《たた》えた暗い表情である。

「……尾平。すまねぇ」

信が背負っていた尾到を、大切なものを扱うように地に降ろした。

朝日に照らされた尾到の顔はすっかり青ざめ、誰の目にも、その死は明らかだった。

飛信隊が皆、声をなくす。

「……」

呆然とした顔の尾平が、尾到の前に膝《ひざ》をつく。誰一人、尾平にかけられる言葉はない。

重苦しい沈黙の中で、澤圭がその名を呼んだ。

「尾到さん……」

隊員たちの中から、洟《はな》を啜《すす》るような音が聞こえた。多くのものが涙を堪《こら》えている。

尾到の死に顔をじっと見つめたまま、尾平が口を開く。

「……泣くな。信も謝る必要はねぇ」

責任を感じているのか、信は無言のままだ。他の隊員も口を開かない。

尾平だけが、淡々と語る。

「こいつは、やり遂《と》げたんだ。立派に、役目をやり遂げたんだ。だから、涙や詫びはいらねぇ。

こういうときは笑って、褒《ほ》めてやるんだ」

慈愛を感じさせる口調で、尾平が物言わぬ弟をねぎらう。

「本当に。よく頑張ったな、到」

尾平が堪えていたものを溢《あふ》れさせ、頭《こうべ》を垂れた。

信はなにも言わず、同郷の兄弟をただ見守っていた。


尾到の亡骸《なきがら》を隊員たちに任せ、信と羌瘣は高台近くの森に来ていた。

敵の総大将、龐煖《ほうけん》と直接戦った隊長と副長として、意見を交わしておきたかったからだ。

信と羌瘣は朽《く》ちた倒木の上に並んで腰を下ろし、視線を遠くに向けている。

「……龐煖。あいつはなんだったんだ。本当に人じゃねぇーのか？」

と素直な疑問を口に出す信。即座に羌瘣が返す。

「人に決まってるだろ」

当たり前のように羌瘣が言いきったが、信は納得しない。

「なんなんだ、あの強さは」

「あの男は、ひたすら武の道を極めんとする求道者《ぐどうしゃ》だ。あの強さは、我々の想像の及ばぬほどの修練を積み重ねた結果だ」

武神。そう名乗った龐煖から腹に受けた一撃を、信は思い出す。

強烈な衝撃で血を吐き、干央《かんおう》に、龐煖の正体は趙軍《ちょうぐん》総大将だと告げられたところで、意識が完全に途絶えた。

信が喰らったその攻撃について、羌瘣が説明する。

「お前が昨日、受けた技。あれは蚩尤《しゆう》にも伝わる、気を送り込んで内側から破壊する技だ」

そこで羌瘣が言葉を句切り、ちらりと信を横目に見た。

「あれを受けて死ななかったおまえは、ついてる」

生きていることが、幸運。

剣の腕前を誰よりも認めている羌瘣に言われてしまっては、信には返せる言葉がない。

悔恨を滲《にじ》ませた表情で、深く頭を下げる。そして決意を新たに再び顔を上げる。

「この戦《いくさ》で、奴を討つんだ。奴が敵の大将である以上、討たなきゃならねぇ」

死んでいった仲間のためにも。信はそう言わなかったが、羌瘣は察したようだった。

短い沈黙の後、羌瘣がぼそりと呟《つぶや》く。

「……尾到は、いい奴だったな」

信と羌瘣は、揃って遠い目をした、その時だ。

「秦《しん》の旗を見つけたぞ！」

飛信隊隊員の誰かの声が聞こえ、すぐさま二人は仲間たちのもとへと駆け戻った。

× × ×

高台に秦軍が構え直した本陣には、そのことを示す旗が掲《かか》げられている。

旗の下にいるのは秦軍総大将の王騎《おうき》と、その腹心、騰《とう》である。

馬上の王騎と騰には、眼下の自軍の動きが見えていた。

「蒙武《もうぶ》と干央が、出撃しました」

蒙武は秦の丞相《じようしよう》、呂不韋《りよふい》配下の将であり、干央は王騎直属の将。どちらも軍の主力を任せられる武人だ。

蒙武軍と干央軍が、趙軍の動きを察知して行動を開始したのである。

どちらの軍も、全軍を率いての出撃ではない。蒙武、干央と共に機動力に優れた騎馬隊が先行し、行方をくらませた趙軍の足取りを追うのが戦略目標だ。

いよいよ今日の本格的な作戦が始まったと騰が王騎に報告したが、王騎は答えない。

王騎が顔を向けているのは、ボロボロの有様でやってきた農民兵の百人隊——飛信隊だ。

隊の先頭にいる信に、王騎が馬上から話しかける。

「一夜にして半分以下になってしまいましたねぇ。飛信隊は」

王騎の言葉通りだ。馮忌を討ち取った時点で三十人以上の犠牲者を出していた飛信隊は、さらに一夜にして、多くの被害を出していた。

「……」

無言の信に、王騎が問う。

「つらいですか、童信《わらべしん》」

総大将の王騎に、信は普段通りの口調で返す。

「……今は、深く考えねぇようにしてる。今そこを考えると、この場にうずくまって足が前に出せそうにねぇ。だけど、死んだ奴はそんなこと望んでねぇんだ——絶対に」

信の背後。飛信隊の隊員たちは誰もが前を向いている。そこに絶望の色などない。

「だから。今はこの三十六人でどうやって戦って武功を挙げるか、それしか考えてねぇ」

信の断言に、王騎の口元がほころんだ。

王騎が、ンフフ、と短く笑いをこぼす。

「せっかく励ましてやろうと思ったのに。その必要はなさそうですね、騰」

「ハ！　つまらぬガキです」

騰が笑みを浮かべながら言った。ガキと言われても信の決意に変わりはない。

やる気に満ちた信に、王騎が柔らかい口調で告げる。

「あなたの姿勢は悪くないですよ、童信。武将への道は、犠牲の道です。そこを乗り越えるたびに人も隊もより強く、より大きくなるのです」

感慨深そうに、王騎が言い添える。

「飛信隊と名付けた甲斐が、ありましたよ」

期待を感じさせる王騎の言葉に、飛信隊隊員の表情がいっそう引き締まった。

王騎が手綱《たづな》を操り、馬首を巡らす。

「それでは行きましょう。決戦が近づいています」

惨劇の後だが、飛信隊に休息などはない。今は戦のただ中なのだ。

王騎と騰に従い、飛信隊は戦場へと向かう。

×　　×　　×

趙軍の本陣は、昨日の乾原《かんげん》の地での敗戦によって、移動せざるを得なくなった。

新たな仮設の本陣は、秦が奪った趙軍元本陣の高台よりかなり離れた場所にある。丘や低い山などの地形から自然と生まれた、山あいの道の先だ。

その本陣に、馬に乗った龐煖が姿を見せた。

迎えに出たのは、四万の兵を率いる趙の将軍、趙荘《ちょうそう》だ。

常に怒りを抱《かか》えているような表情の龐煖の威圧感は、凄《すさ》まじい。歴戦の将でも気圧《けお》されるほどだ。武神を名乗る龐煖の武を知るものならば、なおさらである。

ただ馬に乗って進むだけで兵を畏縮《いしゅく》させる龐煖の前に、趙荘は笑みすら浮かべて馬を寄せる。

「とにかく、ご無事でなによりでした」

龐煖は趙荘と目すら合わせず、淡々と告げる。

「王騎が出たかと思い、勝手をした」

当然、龐煖は謝りなどしない。龐煖は此度《こたび》の戦の趙軍総大将である。いかなる独断専行であっても、それを咎《とが》められるものはいない。

故《ゆえ》に、趙荘は低頭しての礼と共に、龐煖に次のように頼んだ。

「龐煖様がご無事であれば、作戦には何ら支障はありません。しかし、どうか今後は、私に一声お伝えください。さもなくば、すべてが台無しになる恐れがあります」

「わかっている」

龐煖の返答は一言のみだ。凡人であれば念押しの言葉を口にするかもしれないところだが、立場と力の差をわきまえている趙荘は、重ねて請《こ》うような愚は犯さない。

趙荘が礼の姿勢を解いたところに、伝令の兵が駆け込んでくる。

「急報！　敵襲です！」

趙荘の顔に緊迫感が満ちた。即座に伝令に問う。

「誰だ!?」

「蒙武です！」

蒙武は秦軍主力の将だ。それが趙軍本陣を脅《おびや》かす位置まで来ている。

趙荘が授かっている策に、ここで蒙武軍を迎え撃つという筋書きはない。

「全軍、下がるぞ！」

趙荘の命令を受け、配下の将が声を張る。

「狼煙《のろし》を上げろ!!」

趙荘が馬を操り後退の軍に加わりながら、呟く。

「いよいよだな、王騎」

「……」

龐煖が無言で趙荘に続く。

仮設の本陣を引き払い、趙軍は一斉に後退を始める。あらかじめ決められていたかのように迷いのない迅速な行動だ。

騎馬隊が先に立ち、歩兵隊が遅れて続く。

だが蒙武軍の騎馬隊は速い。撤収が完了する前に、趙軍後方の部隊は襲撃に晒《さら》されるだろう。

「蒙武軍、来ます！」

先ほどとは別の伝令の声が響き、即座に将の一人が指示を発する。

「後方守備隊、敵軍を迎え撃てぃッ!!」

軍全体の移動の時間を稼ぐため、趙軍後方の一団が反転した。盾《たて》と槍を持った歩兵が主力の部隊が、淀《よど》みない動きで防御陣形を作る。

直後。蒙武軍騎馬隊の先陣を切った一人の男が、錘《すい》という打撃武器を振り上げ、ずらりと並んだ盾の壁に馬ごと突っ込んだ。

短い髪を逆立たせ、鬼人のごとき形相《ぎょうそう》で叫ぶこの男こそ、蒙武である。

「おおおおッ!!」

錘は、矛《ほこ》の柄《え》のように堅牢な棒の頭に、殴りつけるための金属塊《かい》がつけられた、凶悪な代物《しろもの》だ。

特に蒙武の錘は、並外れて巨大だ。その重さは余裕で重装兵を超える。

そんなものを片手で振り回し、蒙武は次々と趙兵を蹂躙《じゅうりん》する。

まるで藁《わら》人形かのように、殴りつけられた趙兵が四方八方に吹っ飛ばされていく。

仲間が目の前で叩き潰《つぶ》されようが、趙兵は怯《ひる》まない。

軍本隊の撤収を助けるため、次々と趙兵が蒙武の前に盾を掲《かか》げて立ち塞《ふさ》がる。

蒙武に続き、王騎直属の将、干央も参戦した。

干央は馬上から矛を振り下ろし、蒙武に劣らず、確実に趙の歩兵を倒していく。

趙軍後方守備隊が突破されるのは、時間の問題だ。

当の趙軍守備隊も、ここで蒙武たちを防ぎきれるとは誰も考えていないだろう。

後退する本隊が、秦軍を確実に迎え撃つための準備を整えるまで、命を捨てて時間を稼ぐ。趙荘率いる趙軍は、この戦における最大目標を達成するために、全軍が与えられた役割通りに行動している。それはこの戦いで失われる全ての兵の死を、無駄にさせないためでもあった。

×　　×　　×

遠くに乾原の荒野とその向こうの森、さらに山間地帯まで見渡せる高台に、人影が幾つかある。

移動用の床几《しょうぎ》の前に立っているのは、若い男。秦の軍師見習い、蒙毅《もうき》である。

その隣。梟《ふくろう》に似せた奇妙な装束《しょうぞく》を纏《まと》っている小柄な少女が、河了貂《かりょうてん》。信とは、王弟成蟜《おうていせいきょう》の反乱からの付き合いで、今は軍師を目指している。

彼らと共にいるのは、若い男女の二人組だ。

襟元《えりもと》に鳥の羽根を飾った派手な衣装の男の名は、李牧《りぼく》。

李牧に、従者のごとく付き従っている黒髪の女剣士は、カイネという。

山間地帯の一角に、細く立ち上る煙の筋を、河了貂が目ざとく見つける。

「狼煙が上がっている」

「交戦状態に入りましたか」

そう判断したのは李牧だ。この狼煙の意味を知っていたかのような口ぶりだった。

納得顔で蒙毅が口を開く。

「山間の戦いは難しい。友軍に何かを伝えるにはあの狼煙しか手はない」

ふむ、と李牧。まるで教え子に対するかのように言う。

「狼煙の他にも、伝達手段はあるみたいですよ」

「なんですか？　李牧殿」

素直な口調で訊《たず》ねる蒙毅。李牧が戦場のほうを指し示す。

「旗です。ご覧なさい。秦軍本陣の旗が、早朝とは変わっています。旗は色や配置の組み合わせで、細やかな情報が送れますからね」

遠くに見える山頂に、色や意匠《いしょう》の異なる旗が幾つか掲げられている。

なるほどと頷《うなず》く蒙毅に、李牧が思わせぶりな口調で付け加える。

「まあ、しかし。旗には見える範囲が狭いという欠点もありますけどね」

その欠点が、戦局にどう影響を与えるのか。

それさえわかっているような、李牧の口ぶりだった。

×　　×　　×

趙軍後方守備隊を突破した蒙武、干央軍は逃げる趙軍本隊を追走している。

山あいの道のため、どちらの軍も隊列が長く伸び、数の優位性が意味をなさない状況だ。

先陣を行く秦軍騎馬隊が、散発的に追いつく先々で趙軍の兵士を蹴散らすが、戦況には大きな影響はない。

趙軍は特に迎え撃つ姿勢を見せず、ひたすらに後退を続けている。

秦軍騎馬隊の先頭集団の中で、蒙武と並び馬を駆っている干央が、馬上で振り向いた。

秦軍本陣がある山から、かなり遠ざかっている。山頂に掲げられた情報伝達のための旗は、もうほとんど見えなくなってしまっていた。

「また敵が下がった。これ以上進めば旗が見えなくなる。殿の禁を破ることになってしまう」

趙軍の後退は、まだ止まらない。このままではどこまで戦場が移動するか不明だ。

王騎は昨日、本陣を趙軍から奪った後に、こう命じた。

『追い打ちをかけていいのは、趙の本陣だったこの山頂が見える範囲までです。皆さん、これを決して破らぬように』

夜明けと共に趙軍追撃を始めると宣言した蒙武に向けての言葉だった。

干央はこれ以上の進軍をためらったが、蒙武に止まるつもりはなさそうだ。

このまま追っていいものか。判断する前に、騎馬隊先陣に異変が起こる。

数人の騎兵が馬ごと、いきなり吹っ飛ばされたのだ。

舞う土煙の向こう。巨大な矛を脇に構えた騎兵の姿がある。

ボロ布のような外套《がいとう》、乱れた髪。顔の右側に一条の傷。

その男は、干央が昨夜見た龐煖その人だった。

「龐煖ッ!?」

干央が驚愕の表情を浮かべる一方で、蒙武が馬を加速させた。

「おおおおおおおッ!!」

蒙武が龐煖に突撃をかけたのだ。

龐煖は蒙武を迎え撃たず、馬を反転させると山あいの道へと走らせ始めた。

何らかの策があるように、干央には見えた。

干央は追うべきではないと判断し、蒙武の背に怒鳴る。

「蒙武！　これ以上行くな！　王騎様のご命令だ！　旗が見えなくなる！」

だが蒙武は止まらない。趙軍総大将を前に止まれる男ではないのだ。

「今こそ総大将を討つ好機！　行くぞおッ!!」

「「「おお!!」」」

蒙武軍がすぐさま反応し、干央軍もそれに続く。

干央の懸念《けねん》をよそに、秦軍の追走が勢いを増す。

待ち受けているものがなにか、誰もわからないままに。

×　×　×

秦の王都、咸陽《かんよう》。その中心、咸陽宮《かんようきゅう》の大王の間《ま》には今、大王嬴政《えいせい》がいるのみだ。

臣下のものたちは皆、それぞれに趙との戦争の対処に追われている。

戦場で身体を張るのは軍の役目だが、戦線を維持するには様々な役割が必要だ。今の咸陽の文官に休む暇《ひま》などない。

壇上の玉座《ぎょくざ》にいる嬴政は使いを迎えに出し、ある来訪者を待っていた。

使いに出したのは、昌文君《しょうぶんくん》。嬴政側近の文官で、大王派の文官を束ねる男だ。将として戦場での経験が豊富な元武官であり、嬴政の信頼は厚い。

その昌文君が連れてくる来訪者は、秦という国にとって極めて重要な存在だ。

嬴政が待つこと、しばし。大王の間の扉が開き、昌文君が戻ってきた。

「大王様、いらっしゃいました」

昌文君の後ろ。豪奢《ごうしゃ》な鎧《よろい》に身を包んだ女が、仮面をつけた半裸の筋骨隆々《りゅうりゅう》とした男を数人引き連れて、姿を見せた。

鎧姿の女の名は、楊端和《ようたんわ》。

秦の西、山岳地帯に住まう山の民《たみ》を率いる、当代の山の王だ。引き連れている男たちはいずれも屈強な、歴戦の戦士である。

秦と山の民は、中華統一という目標を掲げ、平等の立場で盟約を結んでいる。同格として扱うべき王を、嬴政は壇上から見下ろしたまま迎えたりはしない。

嬴政は玉座を立ち、壇から降りて楊端和へと歩み寄る。

「久々の再会は嬉しいが、急にどうしたというのだ。楊端和よ」

楊端和は山の民の使者を咸陽宮に送り、直接の面会を求めてきたのだった。

今日の会談は、それを受けてのものである。

楊端和がその美貌にうっすらと笑みを浮かべ、挨拶《あいさつ》をする。

「元気そうだな、秦王、嬴政」

前置きもそこそこに、楊端和が話を進める。

「そなたの国が大変な時にすまぬが、此度の戦に関して、どうしてもお前に伝えねばならぬことがある」

楊端和が直々《じきじき》に咸陽宮まで足を運び、伝えなければならないほどのことだ。

その重要性だけは、話を聞く前から理解できる。

「……」

そして嬴政は、恐るべき事実を聞かされることとなる。

×　×　×

戦場に立っていなくとも、腹は減る。

高台から戦場を観察している河了貂たちは、食事を摂《と》っていた。

雑穀《ざっこく》を竹の皮で包んで蒸した携行食を、河了貂とカイネが並んで頬張っている。

河了貂は、軍師を目指したいきさつをカイネに語っていた。

「ふーん」

嬴政の弟、成蟜の反乱でどのように河了貂が活躍したのかを聞かされても、カイネは感心もなければ、驚きもしないらしい。

「それで調子に乗って、男に交じって軍師ごっこか」

呆れたように、カイネ。河了貂は少しかちんときた顔になる。

「ごっこじゃない。俺はちゃんと軍師になるんだ」

カイネがいっそう呆れ顔になる。

「やめておけ」

納得いかないと河了貂は口を尖《とが》らせた。

「なんでだよ。俺、意外と頭いいんだぞ」

カイネが、わかっていないなと言いたげな目をした。

「そういう問題じゃない。たぶんお前は、ちゃんと理解していない」

「なにを？」

素直に問う河了貂に、言い聞かせるような口調でカイネが告げる。

「軍師の本質だ。軍師とは前線で血を流す兵士よりもはるかに苦しく辛いもの」

カイネがそこで言葉を句切った。短い沈黙を挟み、再び口を開く。

「そして、恐ろしいものだ」

カイネが視線を、少し離れた場所に立つ李牧に向ける。

李牧は振り向かず、じっと戦場を観察していた。

×　　×　　×

馬を駆る龐煖を追って、蒙武と干央の騎馬隊は山あいの道を進む。

総大将の龐煖を討ち取れば、この戦は一気に秦軍勝利へと流れが変わるはずだ。

すでに蒙武にも干央にも、秦軍本陣の旗がまったく見えず、進む先に趙軍の影もない。

龐煖が一騎で逃げているだけだ。

その状況の異常さに、冷静であれば蒙武も干央も気付けたかもしれないが、趙軍総大将の首が、手の届くところにあるのだ。

武人であれば、ここで退《ひ》くわけにはいかなかった。

龐煖が逃げ込んだ先は岩山に囲まれた平地だった。

その平地に入ったと同時に蒙武が龐煖に追いつき、錘を振り上げる。

「はああッ!!」

龐煖が矛で蒙武の錘を受けようとした。その矛ごと、蒙武の錘が龐煖を打ち据える。

どごおっと重く鈍い打撃音が轟き、龐煖が馬もろとも転倒した。

龐煖は背中から地に落ち、顔を横に向けたまま、動かなくなる。

蒙武が龐煖を討ち取った。誰の目にも、明らかだ。

「「おおおおッ!!」」

蒙武軍、干央軍の兵士たちが歓喜に沸き、騒ぎだす。

勝ちどきの声が上がる中、干央が蒙武に馬を寄せた。

「……?」

干央は、龐煖の屍体《したい》を見下ろす蒙武の顔がなぜか険《けわ》しいままなことに気付いた。

「皆を黙らせろ」

と蒙武。意味がわからず干央が問う。

「何?」

干央をちらりとも見ず、蒙武が苦々しげに告げる。

「違う。こいつは偽者《にせもの》だ」

干央は焦《あせ》り顔で倒れた龐煖を見やった。追っている時にはわからなかったが、改めてよく見てみれば、昨夜遭遇した龐煖によく似てはいるが、別人だった。

「な……」

絶句する干央に、蒙武が言い放つ。

「気を付けろ。来るぞ！」

蒙武の言葉を合図にしたかのように、伏兵が次々に姿を現した。

全て趙軍の兵である。それも数部隊程度の規模ではない。

掲げられた旗は、趙荘のもの。趙荘軍ならば、昨日の戦闘で大幅に数を減らしていたとしても、兵の数はまだ数万以上残っているだろう。

対して、騎馬で先行しすぎた蒙武と干央の手勢は今、趙荘軍とは比較にならないほど小数だ。

趙荘軍による全周囲からの攻撃に、秦の兵士たちが抵抗虚《むな》しく次々と倒れていく。

蒙武と干央は、罠《わな》に塡《は》められたのである。

趙軍による包囲殲滅《せんめつ》戦が始まった。

×　×　×

王騎軍に合流した飛信隊は、蒙武軍、干央軍が龐煖を追っていった山あいの道を進んでいる。

すでに本陣のある山頂は遠く、情報伝達の旗も見づらくなっていた。

決して好ましい状況ではない。王騎の隣の騰が、王騎に進言する。

「この先に進めば我らも秦本陣を見失います。ひいては広い戦場の全体図を見失うことになりますが」

このまま進軍を続けていいのですか。その言外の意味は当然、王騎に伝わる。

王騎は口元に薄い笑みを浮かべたまま、道の先を見据えて告げる。

「致し方ないでしょう。放っておけば、蒙武はここで命を落としてしまいます」

王騎の言葉が聞こえた飛信隊隊員が、首を傾《かし》げる。

「蒙武将軍が？　どういうこった？」

「わかんねえよ」

そんなやり取りを耳にしつつ、信は進む先を見据える。

蒙武たちが罠に塡められた平地は、まだ遠い。

乱戦の音さえ届かない距離だが、趙軍に包囲された蒙武と干央が、王騎には見えているかのようだった。王騎軍がさらなる進軍を開始する。

×　　×　　×

咸陽宮の大王の間では、秦王嬴政と山の民の王、楊端和の会談が続いている。

「王弟の反乱を共に鎮《しず》めてから、およそ一年。我らは山界に戻り、戦に明け暮れた」

嬴政の母親違いの弟、成蟜が嬴政を玉座から追い落とし、自らが王となろうとした内乱の際、嬴政が助力を求めたのが、楊端和と山の民である。

成蟜の反乱以降、山の民は戦い続け、独自に勢力を拡大してきたということだ。

楊端和が話を続ける。

「結果、我が勢力はかつてないほど強大となり、その領土は北の騎馬民族とぶつかるところまで広がった」

北の騎馬民族という言葉に、昌文君が顔を強《こわ》ばらせる。

「……匈奴《きようど》か」

「……」

嬴政の表情も固く、無言だ。楊端和が一つ頷いた。

「そうだ。匈奴はその戦闘能力、戦術理解、軍の規模、どれをとっても桁違《けたちが》いの戦闘民族だ」

匈奴は特に騎馬を操ることに長《た》けた高い武力を誇る民族で、匈奴を脅威と見ている国は、秦だけではない。

「承知している。だから奴らに国境を面する秦、趙、燕《えん》は長城を築いて防御に徹している」

中華北方の国々は匈奴の侵入を阻《はば》むため、国境に沿って高く石を積み上げ城壁を整備した。どの国も長城の整備に膨大《ぼうだい》な資金と労働力を費やしたが、それほどに匈奴は、恐るべき強敵だということだ。

山の民にとっても、匈奴は敵である。

「その匈奴を討つべく、我々は八万の軍を率いて奴らの地へ攻め入った」

と楊端和。嬴政は、その戦果を報告しに、楊端和が自分を訪ねてきたと考えたようだ。

「ああ。それで今、平然と現れたということは。楊端和、あの匈奴を討ったのか？」

「いや」と即座に楊端和が否定する。

「討てなかった」

きっぱりと言いきった楊端和に、嬴政が目を丸くする。

「!?」

山の民の戦闘力は極めて高い。匈奴を討てると楊端和が判断した故の進軍で、討てずに終わったとは、にわかに信じられることではなかった。

驚くあまり言葉を失った嬴政に代わり、昌文君が問う。

「──どういうことだ？」

短い沈黙を挟み、楊端和が答える。

「敵がいなかったのだ」

北方の地に匈奴がいない。それはどういうことなのか、嬴政は疑問を覚えたらしい。

「……いなかった？」

怪訝《けげん》な顔の嬴政《せい》に、楊端和は真顔で告げる。

「政。我らはそこで、恐ろしいものを見た──十万人を超える、匈奴軍の屍《しかばね》だ」

十万を超える屍。そんなものが大地を埋め尽くす光景など、容易に想像できるものではない。

それこそ、地平の果てまで目に見える全てが屍だ。戦で死に慣れきっているはずの楊端和でさえ、恐ろしいと形容するほどである。

嬴政は息を呑み、昌文君が驚愕の声を上げる。

「じゅ、じゅじゅ、十万の屍!?」

自分が発した言葉さえ荒唐無稽だというように、昌文君がぶつぶつと呟く。

「山の民の軍が着く前に、何者かが、匈奴を討ったと……そんなことを、誰が……」

昌文君の疑問に、楊端和が断言する。

「匈奴十万を殺したのは、趙軍だ」

「！」

嬴政が目をさらに見開いた。驚きと緊張からか、口元がわずかに震える。

昌文君が大声を上げる。

「なっ？　趙だとッ⁉」

昌文君は、楊端和の話が信じられないらしい。いや、信じたくないのかもしれない。

楊端和が、昌文君の戸惑《とまど》いに、無理もないといった表情を見せるが、言葉に遠慮はない。

「そこは趙国の北の国境付近。つまり趙の北方守備軍が匈奴と大戦を行い、打ちのめしたということだ」

嬴政が考え込む一方で、昌文君が感情的に否定した。

「いいや、ありえぬ！」

昌文君が嬴政に歩み寄り、早口でまくし立てる。

「たとえ北の端でも、趙が十万規模の大戦を行ったならば、密偵《みってい》から、この咸陽にも必ず知らせが入るはずです！」

「だろうな」

楊端和は昌文君の言葉に異論を挟まず、嬴政へと数歩近づいた。

「だが、お前たちは現に知らなかった。それは恐ろしいことだとは思わぬか、政」

思案顔の嬴政に、さらに近づいて楊端和が問う。

「なぜ、お前たちは知らぬと思う？」

嬴政は少し考え込み、やがて解答に至ったようだ。

「……趙が北で、情報封鎖をしているからか……」

「何のために？」

さらに数歩近づき、嬴政のすぐ前に立つと楊端和が問いを重ねた。

その答えも嬴政はすでに導き出していたのか、淀みなく答える。

「北に、匈奴を討つほどの強力な軍がいることを隠すために……」

「隠してどうする？」

三度《みたび》、問う楊端和。嬴政は全てを察したらしい。

「隠して……そうか……!!」

「気付いたか」

楊端和も嬴政と同じ考えに至っているようだが、昌文君にはわからないらしい。

「大王様？」

疑問を顔に出す昌文君に、嬴政が説明する。

「奴らは隠しておいた軍を、今の秦、趙の戦いに、横から参入させるつもりだ」

奴ら。もちろん趙のことだ。さすがに昌文君も事の構図が見えたのか、顔色を変える。

今、秦と戦争状態にある趙に、秦の把握していない戦力があるという事実に他ならない。

楊端和が淡々と、予想した戦局の流れを口に出す。

「もしも今、秦、趙両軍の力が拮抗《きっこう》しているとしたら。この見えない一軍の出現で、戦は一気に決着となるだろう」

冗談ではないというように、昌文君が声を荒らげる。

「そんな、バカな！」

うろたえる昌文君。一方、楊端和は冷静なままだ。

「あくまでも憶測だが、実際これが本当だとすれば、考え、実践《じっせん》している者は恐ろしい策略家だ。十万の匈奴も、策によって一方的に葬られていた」

匈奴の軍勢を殲滅し、その戦力の存在を完璧に隠蔽《いんぺい》したのが、何者なのか。

その情報こそ、今の秦にとって何よりも必要なものである。

嬴政が、正面から楊端和に問う。

「その軍を率いていたのは、誰だ」

「匈奴の生き残りから聞き出した、その男の名は――」

一つ短い沈黙を挟み、楊端和がある軍師の名を口にする。

「李牧だ」

第三章

大天旗

秦《しん》軍と趙《ちょう》軍の戦場を見渡せる、馬陽《ばよう》の高台。

自《みずか》らの率いる軍の存在を秦側に悟られぬよう、徹底的に情報封鎖を続けてきた、その趙の軍師——李牧《りぼく》は、自身の指揮する戦場の様子を観察していた。

「……」

武神を名乗り、己《おのれ》の武を高めることしか考えない龐煖《ほうけん》の行動は御《ぎょ》せるものではないが、龐煖の力を最大限に利用できる策は、総大将代理を命じた趙荘《ちょうそう》に授けてある。

岩山に囲まれた地形に秦軍主力を誘い込み、包囲して撃滅するべし。

相手が中華でも有数の将軍、王騎《おうき》でさえなければ、これで今回の戦争は、趙の勝利で終わるはず。

だが相手が王騎である以上、そんな簡単に戦《いくさ》の結果は決まらない。

罠《わな》を二重三重に張り巡らし、油断なく戦局を操作しなければ、恐るべき王騎の武と軍略によって、趙軍は勝てる戦も勝てなくなる。

今回の戦の勝敗のためのみならず、これから長きにわたり続くだろう秦との戦を優位に進めるためにも、ある策略を確実に、成功させなければならない。

この戦場は、そのためにある。

そして今、戦の流れは李牧の手中にあった。

高台に、無数の馬が立てる足音が響き始めた。

「？」「なに？」

足音を聞きつけて、蒙毅《もうき》と河了貂《かりょうてん》が、きょろきょろとする。

「……」

カイネは無言のままだ。

「来ましたか」

予定通りとばかりに、李牧が振り返る。

李牧の視線の先ではためいているのは、趙の旗だ。

趙の旗を掲《かか》げた騎馬隊と歩兵隊が淀《よど》みない動きで、この場を包囲した。

敵国の兵士に囲まれ、いきなり逃げ場を失った河了貂が、身を固くする。

「趙軍!?」

「なぜ、こんなところに」

蒙毅の疑問に答える趙兵はいない。蒙毅と河了貂を無視し、他の兵士よりもよい装備の男が前に出た。この隊を率いる将のようだ。

男の名は魏加《ぎか》という。李牧配下の武将である。

「お迎えに上がりました。李牧様」

魏加が李牧に向かって礼の姿勢を取り、報告をする。

「趙荘軍は敵主力部隊を追い詰め、交戦状態に入っています。敵主力部隊の壊滅も、間もなくと思われます」

李牧は自軍優勢の報を受けても、特に喜びもしない。

「ご苦労様です」

一言だけ魏加をねぎらうと、李牧は迎えの隊へと歩を進める。

「これは一体……」

呟《つぶや》いた後、河了貂は李牧が趙軍の関係者とようやく理解したようだ。

ずっと近くにいたカイネに、驚きと怒りの交じった視線を向ける。

「お前……騙《だま》したのか、カイネ！」

今さらなにをぬかしてるんだ、と言いたげな顔のカイネに、河了貂が責めるように告げる。

「結構いい奴だと思ってたのに！」

カイネが明白に、呆れの色を目に浮かべた。

「ガキのケンカみたいなこと言ってんな。これは、戦争だぞ」

戦争をしている。そして互いに敵対している国の民同士《たみ》。相手の正体を確かめなかった河了貂と蒙毅にも落ち度はあった。文句をつけられる立場ではない。

カイネに対し、冷静に蒙毅が問う。

「殺すのか、我らを」

他の将や兵士に河了貂たちの処分を確認することなく、カイネが答える。

「安心しろ、李牧様は非戦闘員を殺《あや》めない。このまま秦国へ帰れ」

カイネは無言の河了貂に軽く手を振り、自身も隊へと戻っていく。

「じゃーな、河了貂。お前がもし本当に軍師になったなら、またどこかの戦場で出会うかもな。敵として」

カイネの背に、蒙毅が声を投げかける。

「待て、一つだけ教えてくれ」

「？」

カイネが足を止めた。

「李牧とは何者なのだ？」

「趙の三大天《さんだいてん》というものを知っているか？」

あっさりとした口調のカイネに、頷《うなず》く蒙毅。

「もちろん知っている」

趙の三大天。

軍師を目指すものならば、その存在を知らないはずはない。

かつての秦の六大将軍と比肩《ひけん》する、趙の武将や軍師の中で、特に秀でた存在の呼称だ。

しかし今の趙に、三大天と呼ばれるものはいないと伝えられている。

「それだ」

振り返ってきっぱりと告げ、カイネは迎えの隊に加わった。李牧とカイネが河了貂と蒙毅を無視して、李牧の部隊は去っていった。

呆然とした表情で、蒙毅が呟く。

「まさか。あの男が、新たな趙三大天の一人……」

×　　×　　×

李牧は迎えの隊と共に、自身の率いる軍本隊へと戻った。

整然と並ぶ隊列の間を、ゆっくりと李牧が馬を進める。

李牧の帰還後にあらかじめ予定されていたかのような行動を、李牧軍が開始した。

改めて李牧が命じなくとも、配下の将たちがそれぞれに命令を発する。

「李牧軍！　これより趙荘軍に合流する！」

最初の号令に応じ、次々と将の声が上がる。

「中央本隊、北に転進！」

「左軍、北に転進！」

「右軍、北に転進！」

誰一人動きを乱すことなく、大軍が一斉に北へと向きを変えた。

「全軍、前進!!」

趙軍と李牧の旗を掲げた李牧軍が、趙荘軍と合流するべく、進軍を開始する。

そうした一連の行動の間、李牧は一言も発しなかった。

全ての行動は、趙が関水《かんすい》の地に攻め入る前に、決められていたことだ。

戦場は今、李牧の掌《てのひら》の上にあるかのようであった。

×　　×　　×

蒙武《もうぶ》と干央《かんおう》の軍が偽《にせ》の龐煖によって誘い込まれた、岩山に囲まれた平地では、趙荘軍による一方的な秦軍兵士の蹂躙《じゅうりん》が続いていた。

蒙武がその圧倒的な武で奮戦してはいるが、戦力差が大きすぎる。

まだ干央も健在だが、見る間に兵の数は減っていき、二人の将の首を奪われるのは、時間の問題に見えたかの時だった。

趙荘軍の中で、誰かが声を上げる。

「後方より馬群!!　王騎軍です!!」

蒙武と干央が一瞬、動きを止めた。平地の出口付近へと目を投じる。

「まさか」

荒い息つきつつ、干央。

「王騎……」

血に塗《まみ》れた顔をしかめる、蒙武。

蒙武と干央の視線の先で、趙の兵士たちに乱れが生じ、近づく馬群の音が聞こえてきた。

秦と王騎の旗を掲げた騎馬隊が現れる。

騎馬隊の先頭に、王騎と騰《とう》の姿。秦軍総大将が、全滅必至の蒙武軍、干央軍を救うという無理を押し通すために、参戦したのだ。

干央が感極《かんきわ》まったような声を漏《も》らす。

「本陣を捨ててまで、我らを」

王騎軍参戦により、戦場の空気が一変する。

×　　×　　×

平地を見下ろす、趙荘軍の本陣。

王騎出現の報が伝令からもたらされる前に、趙荘は王騎の姿を目視で確認した。

見間違えようのない、圧倒的な存在感。

そこにいるだけで自軍兵士の士気を数倍に跳ね上げるだろう、絶対の信頼感。

そして、いかなる相手でも打ち倒してみせるという自信に裏付けられた、強者の気配。

秦の怪鳥と称される大将軍、王騎が戦場に姿を現した。

趙荘も一目で理解した。そこにいるのが、本物の王騎だと。

王騎出現は、趙荘軍にとっては間違いなく脅威だ。

全滅寸前だった蒙武、干央軍が息を吹き返し、王騎軍と合流して反撃に転じるのは確実だ。

だが、趙荘の顔には余裕の笑みが浮かんでいた。

「来たな、王騎」

李牧から授かった策のためには、ここで王騎が現れないほうが不都合になる。

戦場の流れは、李牧の読み通りに進んでいるかのようだった。

×　　×　　×

趙軍の包囲の一角を崩して戦場に突入した王騎軍騎馬隊のすぐ後方。農民兵の一団がいる。

懸命に走り続け、どうにか騎馬隊に付いてきた飛信隊《ひしんたい》だ。

弾《はず》む息を整える信《しん》の前で、王騎が傍《かたわ》らの騰に告げる。

「では、騰。あれで行きましょうか」

「ハッ、あれですね」

と騰。具体的な指示を王騎はまったくしない。

「あれです。よろしく」

「ハッ」

王騎と騰のやり取りの意味が、信にはさっぱりわからない。

「な、なんだ?」

と信が疑問の声を漏らした直後。騰が自らの馬を走らせ始めた。

あらかじめ打ち合わせをしておいたかのように、王騎軍騎馬隊から騎兵の一団が分離し、騰を追う。騰直属の、騰騎馬隊である。

驚く信の眼前を横切り、騰騎馬隊が敵陣右方に突撃をかける。

騰騎馬隊の急進撃に、趙荘軍の将の誰かが焦《あせ》りの声を上げる。

「趙荘様の本陣に突っ込んでいく! 道を塞《ふさ》げ!」

蒙武を取り囲んでいた趙の歩兵隊が、すぐさま対応を始める。

趙の歩兵隊は乱戦の最中《さなか》にあっても統一された動きで、騰騎馬隊の進路を塞ぐべく防御陣形を形成した。

だが、それで止められる騰とその直属部隊ではない。

独特な動きで振るわれる騰の剣が、ファルファルと風を切る奇妙な音と共に、次々と趙兵を斬り捨て、配下の騎兵も盾《たて》を構えた趙兵を蹴散らす。

趙兵が続々と騰騎馬隊の行く手に立ちふさがるが、その全てを撥《は》ねのけ、騰騎馬隊は戦場を駆け抜ける。

その鮮やかさに、信が目を丸くした。

「すげえっ」

ざわめく飛信隊の隊員たちに、王騎が告げる。

「では、飛信隊の皆さん。大仕事をお願いします」

飛信隊が一斉に姿勢を正し、信が王騎のすぐ前に駆け寄った。そしてその言葉を待つ。

「まず。蒙武軍に向かってまっすぐ、お願いします」

「それから？」

と続きを促《うなが》す信に、王騎はあっさりと告げる。

「それだけです」

誰それの首を獲《と》れ、どこそこの部隊を駆逐《くちく》しろ。そんな命令が下されると考えていたらしく、信がきょとんとする。

「え？」

王騎はなにも言わず、目を細めてにんまりと笑うだけだった。

×　　×　　×

趙荘軍の本陣に伝令が駆け込み、礼をして趙荘に報告する。

「第二波、来ました!!」

「どっちに向かっている」

趙荘はあくまで冷静だ。伝令が報告を加える。

「歩兵隊が、蒙武軍に向け一直線に走り出しています！」

飛信隊たちのことである。一歩兵隊に過ぎない飛信隊に馮忌《ふうき》の首を獲られたことは、趙軍にとっては忘れられない屈辱だ。

蒙武軍に向かう歩兵隊が、その飛信隊だという情報はまだ趙軍には届いてないだろうが、見逃すわけにはいかない。

趙荘が命じる前に、配下の将が声を張る。

「歩兵隊を迎撃せよ!!」

気合いの込もった喊声《かんせい》を上げて突撃する飛信隊の前に、次々と趙兵の壁ができあがる。

その様子に、趙荘が呟く。

「……王騎、いきなり仕掛けて成功すると思っているのか？」

王騎にしては軽率な策だと趙荘は考えつつ、号令をかける。

「第二陣、突撃！」

趙荘の命《めい》を受け、将たちが次々と動く。

「第一部隊は敵左軍歩兵隊を！」

「第二部隊は敵右軍騎馬隊を撃退せよ！」

飛信隊と騰騎馬隊に向け、趙荘軍が統率された動きで、迎撃に動く。

王騎軍が加わり、秦軍に勢いがつく。

騰の騎馬隊と飛信隊の突撃は、趙軍の混乱を誘うためのものだろうが、戦局はまだ趙軍がかなり有勢だ。

いまだ戦場は、李牧の思惑《おもわく》通りなのかもしれない。

×　　×　　×

「うおおおッ!!」

信は立ち塞がる敵を次々と斬り捨て、走る。

その信に続き、飛信隊の隊員たちも懸命に走る。

信のすぐ後ろで羌瘣《きょうかい》が躍《おど》るように剣を振るい、竜川《りゅうせん》と沛浪《はいろう》が豪腕で敵を叩き伏せ、澤圭《たくけい》や尾平《びへい》、渕《えん》も怯《ひる》むことなく戦い、駆ける。

王騎の命令は、蒙武までまっすぐ、だ。

故に飛信隊は全力で、前方で多くの趙兵に囲まれている蒙武を目指し、一直線に、一筋の矢と化して戦場を貫《つらぬ》く。

しかし敵の防御は厚く、固い。飛信隊の誰かが趙兵の新たな動きに気付き、叫ぶ。

「増援部隊が来るぞ!!」

ただでさえ周囲には敵兵しかいない状況に、さらなる趙兵が参戦してくる。

趙荘の投入した、第二陣である。

飛信隊の進む速度が一気に落ち、押し寄せる敵兵の波状攻撃をどうにか耐える状況に追い込まれた。

澤圭が悲鳴にも似た声を上げる。

「だめだもう！　こんな作戦、無茶です！」

絶望的な状況だが、澤圭のそばでひたすらに剣を振るう信の顔は、戦意に満ちている。

「いや、王騎将軍の言った通りになってきた」

「え？」

と澤圭。見ろ、と信は戦いつつ、告げる。

「陣形が完全に乱れた。真ん中に道が出来たぞ」

騰騎馬隊が右方に突撃し、飛信隊が左方を攻めたため、趙軍はそれぞれに対応せざるを得なくなった。その結果、戦場の中央に手薄な部分が生じたのだ。

「騎馬隊が、突っ込むぞ!!」

飛信隊の後方で誰かが怒鳴り、直後に地鳴りのごとく馬蹄《ばてい》の音が轟《とどろ》いた。

王騎である。

王騎軍生え抜きの騎馬隊を総大将自らが率い、趙軍の防御の隙間《すきま》を割る。

「一気に本陣をいただきますよ、趙荘さん」

王騎は矛《ほこ》の一振りで数人の趙兵を吹っ飛ばし、さらに突き進む。

勢いに乗った王騎と騎馬隊を、趙兵たちが止める術《すべ》はない。

王騎の猛進撃を目《ま》の当たりにした信は、感動すら覚えたらしい。

「すげえ、とまらねぇ！」

子供のように歓声を上げる信。その興奮が飛信隊全てに伝染する。

「「おおお、王騎将軍ッ!!」」

一方で、罠《わな》に塡《は》まり傷ついた蒙武が、戦場の一角から王騎を見やる。

「王騎……」

蒙武の顔には、救われた安堵《あんど》はない。

武人として己のふがいなさを嚙みしめる、そんな表情をしていた。

ここで行くしかない、と信が周囲を鼓舞する。

「左軍、全軍突撃！　王騎将軍に続けッ!!」

「「「おおおおッ!!」」」

飛信隊を含む秦左軍が、ここぞとばかりに突撃を始める。

戦場が、大きく動き始めた瞬間だった。

×　　×　　×

王騎の突撃が始まると同時に、趙荘の本陣が一気に慌《あわ》ただしくなる。

「騎馬はいい！　農民兵を本陣に近づけさせるな！　阻止しろ！」

将の誰かがうろたえたように叫んだ。

趙荘本陣を脅《おびや》かす位置にいる騰とその騎馬隊が、勢いを増す。

「右方騎馬隊に告ぐ！　我が騰騎馬隊は敵本陣に突撃、趙荘の首を獲るぞ!!」

この戦場で、騰騎馬隊は屈指の強さを誇る一団だ。だがそれでもこの命令の遂行は、困難を極める。

本陣の防御は、中心に近づけば近づくほど厚く、厳しくなるのだ。

精鋭揃《ぞろ》いの騰騎馬隊とて、容易に突破できるものではない。

だが、無理を押し通すのが彼らの役目だ。強引に防御陣突破を試みる。

さらに戦場を割って、王騎率いる騎馬隊までが本陣へと突撃を始めた。

趙荘の本陣周辺の戦闘が、激化する。

「趙荘様、敵の右軍が来ます！　敵は全軍総攻撃の構えです！」

将の一人が叫び、別の将が唖然とする。

「バカな。開始早々、こんな大博打に出るとは、王騎は正気か!?」

王騎の突撃はそれほどに、常軌を逸していた。王騎は戦の段取りを全て吹っ飛ばし、決着をつけようとしている。

「何を急いでいるのだ、王騎は……」

将の誰かが、呆気《あっけ》に取られたように呟く。

趙荘の顔にあった余裕の色が、失われた。

「……まさか。気付いているのか？　我々の策を」

×　　×　　×

馬上で矛を振るう王騎を、止められる趙兵はいない。

五人、十人と群がってくる趙軍歩兵を蹴散らす王騎に、凄《すさ》まじい勢いで槍が飛んできた。

すんでのところで、王騎が身を捻《ひね》って槍をかわす。

強烈な勢いの槍を、止められるものなど秦兵にも趙兵にもいない。

為《な》す術《すべ》なく、何人もの兵士が次々と槍に貫かれ、犠牲者が重なりあって吹っ飛んでいき、さらなる兵士が犠牲になる。

王騎は背後の惨劇を気にすることなく、槍が飛来した方角へと視線を向けた。

馬で数十歩の距離。射貫《いぬ》くような目を王騎に向けている、敵がいた。

趙軍総大将――武神、龐煖である。

龐煖の背後には、趙の大軍勢があった。

「……」

「……」

王騎と龐煖が数瞬、無言で睨《にら》み合った直後。

龐煖の率いる軍の中で、将の一人が大音声《だいおんじょう》で命じた。

「大天旗を掲げよ！」

その声を受け、龐煖の背後に巨大な旗が掲げられる。

白に赤で彩られた、荘厳ささえ感じさせる豪奢な旗である。

幾つもの飾り布をなびかせる旗に記された文字は、大天、の二文字。

大天旗。

後の世の歴史に名を残すだろう趙の英雄、三大天の存在を、周囲に知らしめるための旗だ。

秦の元六大将軍、王騎の存在が秦軍の戦闘力を跳ね上げさせるように、趙の三大天もまた、趙軍の戦意を最大限まで高める存在である。

趙には今、三大天は不在のはずだった。だが現実に、大天旗は今、戦場にはためいている。

龐煖こそ、新たな三大天の一人。

趙軍から、地鳴りのような喚声が上がった。

「「「「おおおおおおおおッ!!!!」」」」

「……ンフフ」

趙軍の大喚声の中、王騎は龐煖を見据えたまま、笑った。


「……大天旗だ」

一人の趙兵が戦いの手を止め、とある方向を見やる。

まるで水面に波紋が広がるかのように、次々と趙兵が動きを止め、突如《とつじょ》掲げられた旗へと目を向けた。

いきなりの変化に、信が戸惑《とまど》う。

「な、なんだ？　あいつら、いきなり？」

「大天旗！　趙の三大天か!?」

驚きの声を上げたのは沛浪だ。澤圭が補足する。

「三大天は潰《つい》えたと聞いていましたが、新しく任命されたということです――あの龐煖っていう化け物が」

遠目にもわかる。大天旗のはためく下に誰がいるのか。

趙軍総大将、龐煖。

旗と共に姿を見せただけで、龐煖は戦場の全てを呑み込んだかのようだ。

趙兵たちが高まる士気に目をぎらつかせ、秦兵たちが勢いを失い、視線を泳がせる。

信はすぐさま、その変化の危うさに気付いた。

「やべぇぞ。こっちの方が、完璧に気持ちで押されちまってる」

気持ちで負ければ、勝てる戦も勝てなくなる。

信はこれまでの経験で、そう学んでいた。

今の秦軍に必要なのは、戦うための意志。

失われかけた兵士たちの戦意を蘇《よみがえ》らせられる存在が、秦軍にはいることを信は知っている。

信はその姿を探し、戦場に視線を巡らせた。

王騎は笑みを浮かべたまま、龐煖に語りかける。

「九年ぶりですか。ようやく会えましたね、龐煖さん。お元気でしたか？」

「……」

龐煖は答えず、王騎を睨みつけるのみだ。王騎と龐煖の間に、緊張感が高まる。

離れた場所で王騎を見つけた信が、

「どけ！」

と敵をかき分け、飛信隊を引き連れて、王騎と龐煖の対峙《たいじ》の場に駆けつけた。

「――龐煖」

と信。信にも飛信隊にも今、なにができるというわけではない。

飛信隊のみならず、他の秦軍将兵、さらに趙軍将兵にも、できることなどなかった。

大将軍と武神以外のものたちにできるのは、見守ることのみだ。

先ほどまで乱戦のただ中にあったこの場が、嘘のように静まり返る。

「……」

王騎の矛に匹敵する巨大な得物《えもの》を提《さ》げた馬上の龐煖は、無言のままだ。

王騎一人が、話しかけ続ける。

「しかし、驚きましたよ。てっきり死んだものと思っていたあなたが、突然、十万の軍の総大将となって現れるんですからねぇ。……いつから道化に？」

道化と嘲《あざけ》るような言葉を使った王騎に、龐煖は眉一つ動かさない。

動揺など微塵もなく、龐煖は揺るぎない敵意に満ちた目で王騎を見据えている。

「貴様をここで葬り、我《われ》が武神たることを、天に指し示す」

「……お変わりなく、安心しましたよ」

王騎は、龐煖と出会った日のことを思い出していた。

同時に、ある女の顔が脳裏に蘇る。

若く、強く、そして誰よりも美しく戦場で輝く女だった。

摎《きよう》。

その名を王騎は、ひとときも忘れたことはない。

×　×　×

咸陽宮《かんようきゆう》から楊端和《ようたんわ》が去った後、嬴政《えいせい》と昌文君《しようぶんくん》は、軍議の間《ま》に移動していた。

軍議の間には、中華全土を模した巨大な模型がある。嬴政と昌文君はそれを使い、楊端和から得た李牧軍の情報を踏まえて現状を確認した。

得られた情報はすでに、咸陽宮にいる軍師たちには伝えてあるが、戦場にまで情報が届くには、かなりの時間がかかる。

今は、戦場の全てを総大将の王騎に任せるしかない。

王騎について、嬴政は疑問を幾つか抱《かか》えていた。嬴政より王騎との付き合いが長い、元は武将である昌文君に、嬴政は訊《たず》ねることにする。

「ずっと引っかかっていることがある。王騎と龐煖の因縁《いんねん》。それに関係している六将、摎……」

昌文君が緊張したように顔を強《こわ》ばらせた。構わず政は問う。

「摎とは一体、どういう将軍だったのだ?」

わずかな沈黙の後、言いにくそうに昌文君が口を開く。

「摎の素性については、ほとんど知られていません。理由は、昭王《しょうおう》が語るのを禁じたのです」

「昭王が?」

訊《き》き返した嬴政に、昌文君が畏《かしこ》まって、片手の掌《てのひら》に拳を添える礼の姿勢を取った。

昌文君が頭を下げたまま、告げる。

「お許しください。王騎と龐煖が戦う以上、もっと早く大王様には明かしておくべきでした」

嬴政は改めて、疑問を口にする。

「摎とはいったい、何者だったのだ?」

昌文君が顔を上げ、重い口調で語り始める。

「あの者が抱えていた秘密は、大変複雑でした。しかし今、一番重要なことは。摎が、王騎にとってとても大切な存在だったということです」

嬴政は王騎の主君ではあるが、王騎について多くは知らない。

「……」

嬴政は黙して、昌文君に話の続きを促《うなが》す。

初めて聞かされる摎という武将の生涯は、嬴政には驚くべきものだった。


嬴政と共に咸陽宮の軍議の間にいる昌文君は、思い出していた。

将として軍を率いていた頃。いくつかの戦場で、昌文君は摎と共に戦ったことがある。

回想と共に、昌文君は嬴政に打ち明ける。

「六将、摎は女でした」

摎は、若く美しい女だった。

色白で華奢《きやしや》な体つき。剣よりも花が似合うような容姿の女だったが、ひとたび戦場に立てば、どんな頑健な男にも劣らず勇猛に剣を振るい、苛烈《かれつ》に、そして鮮やかに戦場を飛び回った。

「そして――」

わずかに昌文君が言い淀む。だが、話すと決めたからには、伝えざるを得ない。

「王騎の、妻になるはずだったのです」

今や知るものもいない事実に、嬴政は驚きが隠せないようだ。

瞬《まばた》きもせず目を見開き、口を固く結んでいる。

「……」

昌文君はさらに記憶を辿《たど》りつつ、語り始める。

「私が初めて摎を見たのは、とある戦場へ向かう途中の野営地でした」


今を遡《さかのぼ》ること十年以上。ある戦場の野営地で、昌文君は初めて摎を見かけた。

鎧と剣で武装はしているが、立ち姿はたおやかで、およそ戦場には不似合いな若い女だった。

作り物めいていると感じられたほどの、その美貌。

昌文君配下の兵士たちには、見とれてしまっているものもいた。

その様子が少々気に入らず、昌文君は不機嫌さを隠さず近くの家臣に問う。

「……なんだ、あの女は」

「ご存じありませんか？　最近噂になっている王騎将軍の側近の女兵士、摎です」

周知の事実と言いたげな家臣の言葉に、昌文君が眉を寄せる。

「女兵士だと？」

「なんでも王騎の屋敷の、召し使いの子らしいですよ。幼い頃より王騎を見て武芸を習って育ったために、男顔負けの武人になったとか」

もっともらしい話だったが、昌文君には女が戦場で役に立つとは思えなかった。

「何が武人だ。あんな女が、戦えるか」

昌文君は、摎をそんなふうに侮《あなど》っていたが、やがてその認識を改めることになる。

いくつかの戦場で昌文君は摎と共に戦ったが、より戦果を挙げたのは常に摎だったのだ。


小数の兵士を率いて分厚い敵の囲みを突破し、敵将を討ち取る様は、今でも昌文君の脳裏に焼き付いている。

嬴政に、昔話のように昌文君は語り続ける。

「しかし、それから何度か王騎軍と戦場を共にするうちに、摎が異常なほど戦に強いことを思い知らされました。武をとっても、策をとっても、摎はまさに、戦の天才だったのです」

「……」

嬴政は無言で、昌文君の話に聞き入っている。

「そして。秦に多くの犠牲を出した、南安《なんあん》の戦いが勃発《ぼっぱつ》しました。わが軍は兵士たちはおろか、何人もの将軍を失い。巡り巡って王騎が初めて、総大将に任命されたのです」

王騎が総大将に任命された、初めての戦場。

王騎軍本陣に昌文君は呼びつけられ、王騎のもとに参じた。

本陣の天幕では、王騎が一人で待っていた。昌文君が着くなり、王騎が話を切り出す。

「昌文君。あなたの隊は、摎の部隊と行動を共にしていただきます。大将になるからには、私はそう気軽に動き回ることができなくなります。摎のことを頼みますよ」

この時、摎は王騎の右腕として全軍にその武を認められるようになっていた。

昌文君は自嘲気味に鼻で笑い、言葉を返す。

「ふんっ。あいつに助けなどいらぬことは、知っていようが。摎は、戦の神に愛されておる」

ンフ、と王騎が愉快げに笑いをこぼし、にこやかに告げる。

「摎が奔放《ほんぽう》に戦えるのは、あなたが細かいところを補塡してくれるからですよ。本人も言っていました。武骨な頑固爺《じい》は勝手にきっちり働くから楽ちんです。と」

頑固爺。悪口に他ならないが、昌文君は摎のその言い草に腹を立てず、思わず笑ってしまう。

「ふっふっふ。あの、小娘が」

満足げに王騎が頷く。

「私も同感です。あなたが摎の側にいれば、安心できます」

その王騎の言葉に、昌文君は違和感を覚えた。

「？」

昌文君の顔に疑問の色が浮かぶ。

王騎が改まった調子で、言葉を続ける。

「昌文君。今のこの厳しい戦況で大将となるからには、私が命を落とすことも考えられます」

王騎の死。

考えたくはないことだが、どれほど強い武将であったとしても、戦場に立つ以上、死は常に背後にある現実だ。

「……」

言葉を失う昌文君に、王騎が続ける。

「ですから、今のうちにあなたにだけ教えておこうと思うのです。ある、重要なことを」


王騎は、昌文君だけに、ある秘密を打ち明けた。

今まで昌文君は、その秘密を余人に語ったことなど一度もなく、己のみで抱えてきた。

だが当代の秦大王である嬴政にとっても、無関係な話ではない。

昌文君は、話の核心に触れる。

「王騎はそこで、ある宮女の話を始めました」

「……?」

話が逸《そ》れたと感じたか、嬴政は怪訝《けげん》そうな顔をする。しかし昌文君がここで無駄話をするはずがないだろうと、続きを促すように無言を保った。

昌文君は、秘めてきた事実を淡々と語る。

「その女は、昭王の寵愛《ちょうあい》を受け子供を産みましたが、女の出は身分の低い武家で、誰も味方はなく、このままでは世継ぎ問題に絡《から》んだ権力争いで、赤子の命を守ることができないと悟っていた」

国を揺るがしかねない秘密を明かされ、嬴政の顔から訝《いぶか》しむ色が消え、驚愕に変わる。

昌文君が話を続ける。

「そこで女は、父親の戦友だった武将の家に、赤子を逃がしたのだと」

「……まさか」

赤子が誰だったのか。昌文君が明言せずとも、嬴政は察したらしい。

「摎は、昭王の娘だったというのか⁉」

「はい」

重々しく、昌文君は頷いた。

×　　×　　×

趙軍秦軍が入り乱れる激戦の最中《さなか》。

長い睨み合いの末に、王騎と龐煖が互いに突撃をかける。

巨大な矛と矛が、真っ向からぶつかり合う。

分厚い金属同士を叩きつける轟音が、戦場の空に響き渡った。

体勢を崩したのは、龐煖のほうだ。落馬寸前でどうにか耐える龐煖に、馬上で背筋を伸ばした王騎が軽い口調で告げる。

「意外と軽いんですね、龐煖さん」

からかうような物言いだったが、王騎の目は笑ってはいない。

双眸《そうぼう》に炎が宿る。

×　　×　　×

咸陽宮、軍議の間では昌文君の話が続いている。

「彼女を預かったのは王騎の父。そして、目立たぬように召し使いの子として育てたと」

摎が昭王の子であるならば、嬴政にとっては親族になる。だが、そんな話など嬴政は一度も聞いたことがなかった。にわかに受け入れられるものではない。

「……信じられぬ」

と嬴政。昌文君も、王騎からそれを聞かされた時、その場では信じられなかった。

「私も、王騎の言葉だけでは確証がなく、半信半疑だったのですが……ほどなくして、昭王と摎が真の親子であることが、はっきりとわかりました」

昌文君が一度、言葉を句切った。改めて口を開き直す。

「南安の戦いを勝利に導いた王騎の本陣に、昭王がねぎらいに来られたのです」

王騎の本陣に、昭王が現れた時のことを昌文君は思い出す。

難局続きだった南安の戦いに、初めて総大将として赴《おもむ》き勝利した王騎を、秦大王昭王自らが慰問に訪れた。

誰もが歓迎すべき出来事だった。

昭王を迎える本陣に集められた人間はごく少数であり、昌文君を含めた将たちの中には、彼女──摎の姿もあった。

本陣の天幕。中央の通路を開けた両側に、片膝《かたひざ》をついて座した将たちが、掌と拳を合わせる礼の姿勢で並んでいる。

そこに、紫の外套《がいとう》に身を包んだ初老の男が、二人の護衛の兵士を引き連れ、現れた。

あらゆる艱難辛苦《かんなんしんく》を乗り越えてきたかのように見える、深く皺《しわ》の刻まれた風貌。

秦大王、昭王である。

天幕の奥まで昭王はゆったりとした歩調で進み、振り返った。

将の列の筆頭に座す王騎を、昭王は見下ろす。

「さすがは王騎、我が宝刀よ。この南安は長年手に入れ損《そこ》なっていた不落の地であった。まことによくやったぞ」

「身に余るお言葉」

王騎が礼の姿勢のまま深く頭を下げ、立ち上がった。

昌文君を含め、居並ぶ将たちは座したまま無言を保っている。

昭王が、将たちに視線を巡らせた。

「ところで王騎、あの者はどこにおる？　今回も活躍したそうではないか」

あの者。誰のことか、この場の全員が一瞬で理解したが、許可なく声を発することは不敬にあたるため、無言のまま昭王の次なる言葉を待つ。

「お前の側近の女兵士、摎。最近よくその名を耳にするぞ」

王騎も昌文君も無言。昭王が問う。

「どこじゃ？」

王騎が顔を上げ、将の列の後方に視線を投じる。

「摎」

末席の摎が立ち上がり、中央の通路に歩み出た。そして姿勢を正し、昭王の御前へと進む。

彼女が跪《ひざまず》き、拱手《きょうしゅ》をした時、思わず昭王を見つめてしまった。

無礼を咎《とが》められて然《しか》るべき行動だが、昭王はなにも言わない。

無言で、摎を見つめ返しただけだった。

互いに、血縁だと知らぬままの初対面《はつ》であったが、ただならぬ二人の雰囲気から、昌文君は察した。

二人は、目を合わせた瞬間に互いが親子であることに気付いた、と。

昭王が、柔らかい口調で摎に問う。

「摎、歳はいくつだ」

「十六です」

ただ一言、摎はそう返した。表情も変えずに昭王が頷く。

「そうか、よく頑張ったの、摎。王騎同様、お前も儂《わし》の宝だ」

摎が、感極まったかのように唇を震わせる。

それが。名乗ることを許されない父と娘の、最初の出会いであった。

「昭王は、摎を娘だと認めるわけにはいきませんでした」

と昌文君。昭王が摎を特別扱いすることはなく、父と娘は、最後まで王と家臣だったのだ。

嬴政が難しい顔をする。

「後宮《こうきゅう》より無断で赤子が外に出たことを許せば、悪《あ》しき前例を作るからな」

王の血族が宮廷外で生きる難しさと、それが看過できない問題であることを、嬴政は理解していた。

そのことは、当時の摎も同様だったらしい。

昌文君が、話を再開する。

「摎もそのことを理解し、それ以来、仮面をつけるようになりました。そして摎については、素性すら語ることが禁じられたのです」

昌文君は、摎と二人きりになった時に交わした会話を思い出す。

昭王との謁見から、しばし後《のち》。昌文君は摎の天幕に赴き、こう伝えた。

「お前は女だ。ここで剣を置くのも一つの道だぞ」

たとえ誰にも明かせないとしても、摎は、昭王の娘である。そして類《たぐ》い希《まれ》なる美貌の持ち主だ。血筋も容姿も、戦場で散らせるにはあまりに惜しい。

昌文君には、摎には武人ではない生き方があると思えていた。

戦場に立たずとも、いくらでも好きに生きられよう、と。

しかし摎は、昌文君の助言を即答で一蹴《いっしゅう》した。

「剣は、置かない」

凜《りん》とした、確固たる意志を感じさせる摎の言葉だったが、昌文君は鼻で笑う。

「ふんっ。だが、戦い続けてどうするのだ？」

真剣な表情で、摎がきっぱりと告げる。

「天下の大将軍になる」

「はぁ⁉」

昌文君の声が思わず裏返る。固かった摎の表情が柔らかくなった。

ふふっと小さく摎が笑いをこぼす。

「……私の戦う理由はね。本当に他愛もない、子供の約束なんだ」

はにかんだような顔の摎に、昌文君は真顔で問う。

「子供の約束？」

「幼い頃、王騎様にお願いしたの。王騎様が目指しているのと同じように、私も天下の大将軍になって、敵の城を百個獲《と》ったら、私を妻にしてくださいと。そうしたら『いいよ』って」

それはまさしく、夢見る子供の一方的な願いごとのようだった。

摎は国のためでもなく、民のためでもなく、そんな理由でこれまでずっと、戦場で命を懸《か》けてきたのだ。昌文君は呆れ返った。

「な、なん、なんじゃ、それは!?」

「分かってる、子供との口約束だってことくらい。でも、小さい頃の私は、大まじめだったんだ」

まだ幼さを残した摎の顔に、決意が漲《みなぎ》る。

「だから懸命に強くなった。私の居場所はここだよ、仲間もいっぱいいる。それにこれからは、父も見てくれてる」

子供との約束に、王騎がどういうつもりで答えたのか、昌文君にはわからない。

だが、その約束が摎を強くしたのは、理解できた。

「私は、やるぞ」

決して揺らぐことのない意志を宿した表情で、摎はそう宣言した。

その言葉通り、これ以降の摎は、めざましい活躍を見せ続ける。

昌文君は、おそらくは王騎以外には自分しか知らないだろう摎の戦ってきた動機を嬴政に伝え、口を閉ざした。

嬴政はなにも言わない。もう驚いた様子もない。摎と王騎の関係に思うところもあるのだろう。

子供の約束などと嘲るようなことも言わず、昌文君の話の続きを待っている。

「それから摎はすぐに将軍となり、戦果を挙げ続け、六大将軍に名を連ねるまでに、なりました」

昌文君は、摎の最期《さいご》を思い返す。

「……そして。あの時が、来たのです」

×　　×　　×

龐煖の強烈な一撃が、王騎を馬ごと吹っ飛ばす。

王騎の後方にいた秦の兵士たちが何人も、王騎の馬の尻に弾き飛ばされた。

「ッ!!」

王騎が矛の石突きを大地に突き立て、土砂を削り飛ばして制動をかける。

王騎と王騎の馬は、倒れることなく体勢を立て直した。

龐煖の放った一撃は、並の武将であれば、我が身になにが起きたかさえもわからず即死するほどの威力があった。

比類なき大将軍王騎を後退させるだけの力を、武神、龐煖が有しているのは間違いない。

龐煖は追撃をすることなく王騎を見据え、告げる。

「我が身に受けた傷の痛みは、時と共に消え去る。だが、魂に受けた傷の痛みは消え去ることはない」

言われるまでもない。忘れるはずもない。

龐煖の顔に傷をつけたのは、他ならぬ王騎である。

天下の大将軍王騎もまた、龐煖を打ち砕くだけの力を持っているのだ。

「……」

王騎の双眸に宿る炎が、いっそう強くなった。

「王騎、お前も同じはずだ。だからお前もここにいる。怒りは、力――思い出せ。九年前の奴の死にざまを」

王騎は動かず、ただ龐煖を睨みつける。龐煖もまた、動きを止めた。

戦場の中で、王騎と龐煖の周囲のみ時が止まったかのようだ。

重圧感が一騎打ちを取り囲む両軍の兵士たちにまで広がり、誰もが身じろぎ一つしない。

静寂の中で、王騎は、思い出していた。

摎と二人で過ごした、最後の時を。

王騎は一人、摎のもとに向かった。今や大将軍の摎には、専用の天幕が与えられている。

大将軍への突然の訪問は不躾《ぶしつけ》であろうが、王騎である。誰も咎めなどしない。

天幕に断りなく入った王騎に、幅広の台座に腰かけてなにやら作業をしていた摎が、笑顔を向けた。

「王騎様」

「また手柄を挙げたそうですね……ん？」

王騎は摎の隣に腰を下ろした。摎が手にしているものが治療用の布だとすぐ気付く。

「怪我ですか？」

改めて摎を見ると、首筋に刃傷と思しき痕《あと》があった。まだ新しい傷のようで、白い肌に血の赤さが痛々しい。

「かすり傷です」

そう言った摎の手から王騎は無言で布を取ると、そばに置かれていた煎じた薬草を他の材料と練り合わせた傷薬を指ですくい、布にすりつけて湿布《しっぷ》にする。

摎が恐れ入って止めようとした。

「王騎様、そんなことは自分でやります」

構わず、王騎は湿布の支度を続ける。

「昔は怪我ばかりで、毎日、こうして手当てをしたものです」

「いつの話をしてるのです。摎はもう子供ではありません」

文句を言っても、摎は王騎にされるがままだ。

湿布を貼り終えて王騎は摎から身体を離し、しみじみと彼女の顔を見る。

「本当に久しぶりですね、摎。お互い大将軍ともなると、戦続きでなかなか自由がありませんからね」

「はい」

摎が真っ直ぐと王騎の視線を受け止めた。しばし無言で見つめ合う。

王騎も摎も、今や数万を超える兵士を従えた大将軍だ。

それぞれに重責を担《にな》う立場であり、同じ戦場で戦う機会もほとんどなくなった。

摎の表情が引き締まる。歴戦の将の顔になり、王騎に問う。

「……ところで、何用でここへ？」

王騎は普段通りの微笑で答える。

「久しぶりにあなたに会いたくなって、遠路はるばる」

「え」

摎の表情が一変した。わずかに頬を染め、軽く視線を泳がせる。

ンフッと王騎は笑みをこぼした。王騎は治療の道具を片付けつつ告げる。

「……と、いうのは冗談で。次の戦のためです」

摎は頬の赤みをかすかに残したままで、将の顔に戻った。

「！……次の戦……」

南安の戦い以来、戦争は様々な場所で、繰り返し起きている。

戦の規模は大小様々だが、秦軍は次の戦場で、大規模な作戦を予定していた。

「次の戦は、あなたと私の連合軍で戦うことになりました」

必勝を期する作戦だ。六将のうち王騎と摎を投入するからには、決して負けは許されない。

「王騎様と、私で」

王騎は小さく頷いた。

「私は、副将。大将はあなたです。摎」

王騎を戦場で従える。その重圧にか、摎が押し黙った。

「……」

王騎は台座から腰を上げる。天幕を出る際、立ち止まった。

「いよいよですね、摎。次の馬陽で、百個目の城です」

摎のめざましい活躍により、落とした城は、すでに九十九。

子供の頃に交わした約束、婚姻の条件を満たすまで、あと一つ。

そして王騎は摎のもとを後にする。

「覚えていてくださったんだ……しかも数まで……」

涙交じりらしき摎のささやきが天幕からかすかに漏れたが、聞くものは誰もいなかった。


「……ッ」

王騎は矛の柄を強く握りしめ、歯を食いしばる。雄叫びに込める力さえ抑え、次の一撃に備えた。

王騎と龐煖が馬を動かしたのは、まったくの同時。矛を振り上げるのも、まるで鏡映しのように同じだ。

王騎と龐煖が、同時に矛を振るう。

「ッッッ!!」

鬼の形相で王騎が振るった矛が、龐煖の矛を弾く。

王騎の矛が、勢いそのままに龐煖を襲った。

龐煖がかろうじて矛の柄で王騎の矛を受けたが、馬上から大きく吹っ飛ばされる。

数馬身も飛ばされた龐煖が空中で身を翻し、矛で地を突くと体勢を整え、着地する。

「ッッッッ!!」

王騎が龐煖を追って、馬上から跳ぶ。

喰らえば確実に死ぬしかない王騎の矛を、龐煖がきわどいところで矛で受ける。

王騎の矛の威力は凄まじく、龐煖が踏ん張ってもその場にとどまれず、大きく後退した。

地に降り立った王騎は、矛を身体の横に立てるようにして、石突きで大地を打つ。

「「オオオオオッ!!」」

乱戦の中で、王騎の勇姿を目撃した秦軍兵士たちが歓声を上げた。

王騎は双眸に怒りの炎を宿したまま、笑う。

「ンフフフ。安心なさい、龐煖。あなたに言われなくとも、私の怒りは収まっていませんよ」

第四章

因縁の対決

九年前。それは因縁《いんねん》の地、馬陽《ばよう》でのことだった。

「馬陽、陥落!!」

その言葉が、屍山血河《しざんけつが》の闇にこだまする。

王騎《おうき》の眼前。篝火《かがりび》の燃え残りのわずかな炎に、地獄が浮かび上がっていた。

馬陽城門前には、秦趙《しんちょう》両軍の激闘の跡が溢《あふ》れている。

勝利したはずの秦の兵士たちがうずくまり、地に伏した一人の女を囲んでいた。

「摎《きょう》様!」「摎様っ」

王騎は、倒れ伏している女が誰か、兵士たちの叫びを聞くことなくしても察していた。

「摎……」

最後まで戦い抜いただろう摎は、倒れてなお剣を手放してはいなかった。

この場で王騎以外、立っているものは一人のみ。

己《おのれ》の血か、殺した相手の返り血か。全身が血塗《ちまみ》れの男こそ、龐煖《ほうけん》である。

龐煖の腕には、摎につけられただろう深い傷があった。

摎を単身で襲撃し、彼女を斬り伏せた龐煖を、王騎は見ていなかった。

その目には、摎しか映っていない。

「……ッ……ッッ……ッ!!」

怒りだ。

王騎には、怒りしかなかった。

摎は、その戦場で散ったのである。

摎を喪《うしな》ったあの夜からひとときも忘れなかった怒りが今、全身を内側から爆散させかねないほどに膨《ふく》らみ、王騎はついに雄叫《おたけ》びを上げる。

「ぬぉおおあああああッ!!」

天さえ怯《おび》えおののかせるような王騎の怒気が、突風の如《ごと》く戦場を揺るがせる。怒気を向けられただけで死ぬものがいたとしてもおかしくないだろう。

「っ!?」

信《しん》でさえ圧倒されるほどの迫力だ。

飛信隊《ひしんたい》も趙兵も、度胆《どぎも》を抜かれて動きを止めている。

その王騎の怒りを真正面から叩きつけられた龐煖だけが、満足そうな表情をしていた。

「……これだ」

古い昔なじみに再会したかのように龐煖が呟《つぶや》き、矛《ほこ》を構え直す。

「来い、王騎！　今の貴様を砕くために、我は来たッ!!」

馬陽での、あの惨劇の夜。

龐煖は無数の秦兵を斬り捨てた血で大地を朱《あけ》に染め上げ、さらに摎を打ち倒してなお、満たされてはいなかった。

王騎が、現れるまでは。

倒した摎から龐煖が視線を上げたその先に、怒りそのものが矛を携《たずさ》え、立っていた。

「ぬあああああッ!!」

嵐のように王騎が振るう矛を、龐煖はさばくことができずに切り刻まれた。

秦兵を殲滅《せんめつ》したことによる疲労のせいでも、摎との戦いで負った傷のせいでもない。

純粋な武として、九年前の王騎は、龐煖を上回っていたのである。

王騎の矛で顔面を裂かれ、さらに王騎軍弓隊によって全身に矢を突き立てられ、龐煖は血でぬかるんだ泥に突っ伏し倒れた。

そして気付けば、王騎も王騎軍の姿もなく、屍《しかばね》の野に無様な姿を一人、晒《さら》していた。

闇の底で泥を這いずり、龐煖は生にしがみついた。さらなる武を求めるために。


両者とも馬に乗り直すことなく、王騎と龐煖が身一つで激突する。

振り下ろす勢いで頑強な矛の柄《え》がしなり、刃《やいば》が風を唸《うな》らせる。

直撃すれば即死の一撃を、互いにすんでのところでかわす。

超重量級の巨大な矛の勢いをねじ伏せる腕の筋肉が、一回り、二回りと怒張し膨れあがる。

王騎と龐煖の矛が交わる。一合、二合とぶつけ合う刃が欠け、細かい破片を散らす。

龐煖は王騎の頭めがけて鋭い蹴りを放つも、王騎に難なく防がれる。

隙をついて、王騎が一瞬だけ矛から右手を放した。そしてその手を拳に固め、龐煖の腹へと叩き込む。

「っ！」

「ッ！」

王騎の強烈な拳が龐煖を吹っ飛ばし、計らずも距離が開くが、どちらも止まらない。

すぐさま二人して相手に突撃し、矛で激しく斬り結ぶ。

武神を名乗る龐煖に、王騎の武はまったく劣っていなかった。むしろ押しているのは王騎だ。

斬り合いの流れの中、龐煖が卓越した体さばきで瞬時に王騎の背後に回り込む。

王騎には龐煖が突然消えたように見えただろう。

よほどの達人であっても、刃《やいば》を交えていた相手を見失えば、刹那《せつな》、動揺するはず。

龐煖が王騎の脳天めがけ、これまで以上の速さで矛を振り下ろす。

完全に死角から放たれた必殺の一撃を、王騎は矛を両手で頭上に掲《かか》げ、受けきった。

「!」

驚愕する龐煖の矛は、刃が三日月状に湾曲した特異なものだ。

その刃を王騎は、己の矛の柄で引っかけ、身体ごと前に投げ出すように両腕を振り下ろす。

矛を手放さなかった龐煖の身体が、宙を舞う。

投げ飛ばされた龐煖が宙で身を翻《ひるがえ》して転倒することなく地に降り立ったが、顔つきは険《けわ》しい。

王騎がその場で胸を張り、石突きで大地を打ち、矛を傍《かたわ》らに立てた。

再び対峙《たいじ》する、大将軍と武神。

王騎の顔は自信に満ちている。

一方で龐煖は、納得できぬという表情だ。

王騎と龐煖の周囲では、秦軍と趙軍が固唾《かたず》をのんで見守っている。

総大将同士の一騎打ちが始まってから、戦場はいっそう静まり返っていた。

その中で王騎が泰然《たいぜん》とした態度で告げる。

「武の極みに辿《たど》り着いたと思っているあなたは、腑《ふ》に落ちないでしょうね、龐煖」

「……」

龐煖は無言で、不可解なものを見るような目をしている。

九年前、龐煖は王騎に敗れた。それは事実だ。

泥を塗られた屈辱を晴らすため、己が武神だと天に示すため、龐煖は誰よりも自《みずか》らを厳しく律し、山中で一人、修行に明け暮れてきた。

だのに、だ。

龐煖は、認めざるを得なかった。

王騎は、強い。

再び武神たる龐煖を打ち倒す可能性を、有するほどに。

「武将とは、やっかいなものなのですよ」

一騎打ちの熱気のためか、王騎の言葉も熱を帯びる。

「数えきれぬほどの戦場を駆け回り、数万の友を失い――」

カッと王騎が目を見開いた。

「数十万の、敵を葬ってきましたッ!!」

王騎が声を荒らげる。戦場に響き渡ったその声は、あらゆる兵士の鼓膜を打った。

信の耳にも、王騎の言葉は届いた。

「……！」

疲労の色が濃い信の顔に、気迫が戻る。

信の脳裏には、戦場で散った仲間の死も敵の死も全て浮かんでいた。

戦場に、朗々と王騎の声は響く。

「命の火と共に消えた彼らの想いが全て、この双肩《そうけん》に重く宿っているのですよ」

こうしている間にも、秦兵も趙兵も、死していく。

家族や恋人に向ける惜別の情。生きて帰れぬ無念。残すのはそれぞれだろうが、なんの想いも残さずに死んでいく兵はいない。

死して想いを残す。それが人という存在だ。

「もちろん、摎の想いもですッ!!」

絶叫にも似た王騎の怒声が、戦場の空を貫《つらぬ》いた。

×　　×　　×

騰《とう》騎馬隊が、趙荘《ちょうそう》軍本陣の目前に迫る。

趙荘軍は防衛に兵士を次から次へと投入しているが、全てが蹴散らされる。

先頭で馬を駆る騰もまた、死していった無数の配下の命を背負った武将だ。

ファルファルと風を唸らせる剣は、留《とど》まることを知らない。

その剣がもうすぐ、趙荘に届く。

最前線からの伝令が、息を切らして本陣に駆け込んできた。

「第三陣、突破されました！」

趙荘配下の将が、焦《あせ》り戸惑《とまど》う。

「なんなのだ、あの男はっ」

趙荘が苦々しげに漏《も》らす。

「王騎め、化け物をあえて隠していたな」

そんな言葉を交わしている間にも、騰とその騎馬隊が迫る。

将の一人が、懇願《こんがん》に近い叫びを上げた。

「お退《さ》がりください！　趙荘様！」

判断を誤れば、手遅れになる。

いざという時、趙荘はためらわずに本陣を捨てる覚悟を持った。

×　×　×

戦場で激しく散った者たちの想いを背負っているという王騎の言葉が、龐煖には納得できないようだった。

「……」

無言の龐煖に、王騎が口調を鎮《しず》めて告げる。

「山で一人籠《こも》っているあなたには、理解できないことでしょうね」

龐煖には理解できぬことであっても、信にはわかったらしい。

信は呟く。

「そうだ。だから俺たちは、強くなる」

信のそばで、羌瘣《きょうかい》、尾平《びへい》、渕《えん》、澤圭《たくけい》、竜川《りゅうせん》、沛浪《はいろう》、飛信隊の仲間たちが一騎打ちを見守っている。

皆、尾到《びとう》を始めとする散った仲間の想いと共にここにいるのだ。

秦軍は誰もが、王騎の言葉を理解している。

「――ッ!!」

そう確信しているような顔で、王騎が再び、龐煖へと矛を振るう。

無数の死者の想いの込もった強烈な一撃を、しかし龐煖は、己の矛で弾いた。

「!!」

龐煖が勢いそのままに、矛を王騎に叩きつける。

矛を弾かれた王騎がどうにか体勢を立て直し、龐煖の斬撃を矛で受け止めたが、踏ん張りきれずに大きく背後へと飛ばされる。

ぶんっと龐煖が矛を振り、冷厳とした口調で言う。

「語るに足らぬ……死人の想いを継ぐなど、残されたお前たちの勝手な夢想」

「……」

今度は、王騎が黙して龐煖の話を聞く。

「人は死ねば、土くれと化す。敗者は地に落ち、勝者は天に近づく――理《ことわり》は、それだけだ」

言うや否《いな》や、龐煖が王騎へと全力で矛を叩きつけた。

数十人を一撃で屠《ほふ》るだろうその恐るべき一撃を、足幅を広げて腰を落とした王騎が、矛で受けきった。

矛を互いに押し合い、息がかかる距離で王騎が告げる。

「龐煖。やはりあなたとは、最後まで相容《あいい》れないようですねぇ」

「当然だ」

王騎と龐煖が弾かれたように同時に後ろへと跳び、着地と同時に地を蹴る。

そして再び、矛を叩きつけ合う。

一合、二合、三合と、その全てが一撃必殺の勢いだ。

何者をも寄せ付けぬ大将軍と武神の戦いに、両軍の兵士が戦いを忘れて見入る。

王騎と龐煖の一騎打ちは、やや王騎が優勢に見えた。

決して龐煖が弱いのではない。王騎が強すぎるのだ。

信が王騎の強さに心酔してしまったか、拳を固めて声援を送る。

「いけぇ！　王騎将軍！」

羌瘣が、信に話しかける。

「龐煖の言っていたことは、理解できる。我々蚩尤《しゆう》も同じだ」

信は、どういう意味かと羌瘣を見やる。羌瘣はどこか納得していないような表情だ。

「武神はあらゆる欲求や情を排除し、ただひたすら武の結晶と化す。そんな人間に勝てるものなどないと思っていた」

一騎打ちを再開してからの王騎は、それまでに増して凄《すさ》まじい。

見えないなにかに全身を押されているかのように、一撃ごとに龐煖を追い詰めていく。

王騎を見る羌瘣の目は、驚きに満ちている。

「だが、なぜ。王騎将軍は、あれほどまでに強いのだ……」

王騎が矛の柄で、龐煖の顔を横殴りにした。

ふらつく龐煖に、さらなる一撃を王騎が叩き込む。

遠目にも、龐煖の意識が瞬《まばた》きするほどの間だが途絶えたのが信と羌瘣にはわかった。

「敗れた理由は！」

片膝をついた龐煖に向けて、王騎が矛を横薙《よこな》ぎに振るう。

朦朧《もうろう》としかかっている龐煖だが、すんでのところで、己の矛で王騎の矛を受けた。

幾度となく、王騎と龐煖は刃を叩きつけ合っている。

王騎の怒りの力か、背負ってきた数多《あまた》の兵士たちの想いの重さか。

王騎の矛が、龐煖の矛をついに打ち砕いた。

三日月のように弧を描く特徴的な龐煖の矛の刃が、円弧の半ばで砕け散り、黒曜石を割ったような無残な姿になる。

王騎が返す刃で矛を上段に振り上げる。

矛を砕かれた一撃の反動で、龐煖の姿勢が大きく乱れたままだ。

王騎が矛を振り下ろせば、決着が付く。

「あの世で、摎に教えてもらいなさい!!」

矛を振りかぶった王騎の腕、怒張した筋肉に血管が浮かぶほどの力が込められる。

「いけえッ!!」

信が思わず叫ぶ。飛信隊の隊員たちからも声援が飛ぶ。

「王騎将軍！」

「いけえ、王騎将軍ッ!!」

王騎がまさに矛を振り下ろさんとした、その時だ。

ドドン、ドドン、と複数の太鼓が連打される音が轟いた。

止まらぬ太鼓の音が呼び寄せたかのように、地響きが聞こえ始める。

地響きが聞こえてくるのは、岩山に囲まれた平地の、出入り口。王騎軍も通った山あいの道へと続くほうだ。

「なんだ、おい？」

信が目を細めて見やる、道の先。

もうもうと立ち込める土煙の中に現れたのは、軍馬の群れだ。

無数に翻る、趙の旗。

兵の数が数万どころではなさそうな趙の大軍勢が、平地の出口を完全に封鎖した。

王騎たちの知らない軍の先頭で、身なりのよい男が馬に乗っている。

甲冑《かっちゅう》姿ではないところから、おそらくは軍師。

李牧《りぼく》である。

龐煖が討たれるその寸前を狙いすましていたかのように、李牧軍が参戦した。

×　　×　　×

李牧軍が戦場の一角に、迅速《じんそく》に本陣を設営する。

統率のとれた兵士たちは無駄なく動き、見る間に本陣が完成した。

本陣の中心に李牧が着くと同時に、将の一人が大声で命じる。

「大天旗《だいてんき》を掲げよ！」

李牧の背後。高々と、三大天出陣を宣言する大天旗が掲揚された。

「「「おおおおおおおッ!!」」」

大天旗を中心に陣形を組んだ李牧軍全軍から、大喚声が上がった。

「……」

無言なのは、李牧一人のみ。冷静にただ、戦場を観察するように見ている。

×　×　×

龐煖を圧倒する王騎の勇姿に鼓舞されていた秦軍兵士たちだったが、李牧軍が大天旗を掲げたことにより、戸惑いが広がる。

一方、新たな大天旗を目にし、趙軍兵士たちの意気が猛烈に高揚した。

大天旗の出現は、戦場の流れを決しかねない事態である。

「また大天旗が！」

渕が驚愕と絶望の入り交じった顔で叫び、

「もう一人、三大天が来たっていうのか⁉」

冗談じゃねえというように、沛浪が愕然《がくぜん》とした表情で声を発した。

信が、近くにいた竜川に意見を求める。

「敵の数はっ？」

竜川がきょろきょろとしつつ、返す。

「わからない……見渡す限り全部、趙軍だ」

いつの間にか、趙軍による包囲網が再び形成されていた。

罠《わな》に嵌《は》まった蒙武《もうぶ》軍同様に、王騎軍もまた、李牧の策によって窮地《きゅうち》に追い込まれたのである。

×　　×　　×

本陣を捨てて後退を余儀なくされた趙荘と配下の騎馬隊は、騰騎馬隊に追撃されている。

趙荘本陣の将の一人が驚きを隠せずに、彼に問う。

「おお趙荘様、あの味方の軍はどこから!?」

趙荘は大天旗を見ながらに返す。

「後ですべて話す。今重要なのは、ただ一つ。この戦、我らの勝ちだ」

趙荘率いる騎馬隊の後方で、声が上がる。

「騎馬隊が来ます!」

騰騎馬隊が、すぐ後方まで追いすがっていた。もはや応戦する場合ではない。

「前線を離脱する!」

趙荘はためらわず本陣を捨てる決定をし、護衛の騎馬隊を引き連れて逃走を開始した。

「趙荘様をお守りしろ！」

将たちが警戒を促す一方で、趙荘を間近に捉《とら》えた騰騎馬隊からの声も聞こえてくる。

「趙荘が逃げます！」

騰騎馬隊の一人が叫んだ。冷静に騰が告げる。

「決めるぞ」

騰騎馬隊副官が味方全員に聞こえるよう、気合いを入れる。

「御意《ぎょい》ッ!!」

趙荘を真ん中に囲んだ防御陣形で駆ける趙荘軍騎馬隊に、騰騎馬隊が襲いかかる。

×　　×　　×

李牧軍本陣で泰然と構えている李牧に、黒髪の女剣士、カイネが疑問顔を向けた。

「たかが一人の将軍の首を獲《と》るために、手をかけすぎじゃないですか？　匈奴《きょうど》相手にもここまで手の込んだことはしなかったのに」

秦の関水城《かんすいじょう》陥落に始まったこの戦は、全て李牧が仕込んだものだった。

唯一の目的は、王騎の抹殺。

王騎を倒すそのためだけに十万の兵士を動かし、数多の犠牲を払い、龐煖と王騎の決闘の場を整えたのである。

　カイネが質問を重ねる。

「情報操作をしておきながら、王騎にのみ、総大将が龐煖だと明かす。そんな必要、あったんでしょうか？」

　李牧が油断も慢心もない表情で、淡々とカイネに答える。

「討ち取る相手は、あの王騎です。どんなに手をかけてもかけすぎということはない。それに、最後まで手を緩《ゆる》めてはなりません」

　李牧が片手を高々と上げた。それを合図に、李牧配下の将が命令を発する。

「李牧軍、第一陣！　突撃！」

　李牧軍本陣の前方で整然と並んでいた大規模騎馬隊が、一斉に動いた。

　山崩れのような馬群の立てる轟音と土煙と共に、騎馬隊が戦場に雪崩《なだ》れ込む。

　騎馬隊のすぐ後に、無数の歩兵隊が雄叫びを上げて続く。

　全ての戦力が王騎軍に向かう。

第五章

死地の中、煌めく力

怒濤《どとう》の勢いで李牧《りぼく》軍第一陣が、王騎《おうき》軍後方に迫る。

王騎軍は戦場となった平地に、縦《たて》に長い陣形で、楔《くさび》の如《ごと》く趙《ちょう》軍に突撃をかけていた。

楔の先端は、王騎とその直属の騎馬隊。強烈な王騎の突破力を生かして趙軍の包囲を割り、全滅寸前だった蒙武《もうぶ》と干央《かんおう》の軍を救ったのだが、その縦長《たてなが》の陣形が、ここに来て不利となる。

突破力に重きを置いた縦長の陣形は、後方、左右共に敵戦力が厚くなれば、防御力に劣るという欠点を露呈《ろてい》してしまう。

王騎軍最後尾が、李牧軍の突進をそれでも食い止めようとする。

「後方隊、構えッ!!」

「王騎様に近づけさせるな!!」

歩兵たちが防御陣形を組んだが、即座に、押し寄せる李牧軍軍勢に呑み込まれた。

李牧軍の勢いがわずかに削《そ》がれたが、それだけだ。

一瞬で千を超える王騎軍の兵士が犠牲になっても、李牧軍は止められない。

戦場の中心からでも、王騎軍後方が李牧軍に圧倒されているのが見える。

信《しん》が、どうするんだと問うように王騎に顔を向けた。

「王騎将軍っ」

羌瘣《きょうかい》たち飛信隊《ひしんたい》の隊員たちも、揃《そろ》って王騎を見やる。誰もが不安げな顔だ。

秦《しん》軍は今、絶望的と言えるくらいに不利な状況だが、事ここに至ってなお、王騎は笑みを浮かべていた。

「ンフフフ。私の計算より断然早く到着するとは、お見事です」

王騎は、趙軍の増援を予想していたらしい。それを読んでいたが故《ゆえ》に、軍に無理を強《し》いてでも決着を急いだ、ということだろう。

楽しそうにさえ見える王騎に、飛信隊の誰もが啞然とする。

「……」

信でさえ、言葉をなくしている。

「二十年ぶりですか、この感覚。久しぶりに血が沸き立ちます」

まるで周囲に宣言するかのように、王騎が大音声《だいおんじょう》で告げた。

王騎軍古参の将と兵士たちの顔に、精気が戻る。この程度の窮地《きゅうち》ならば知っているという表情だ。

さっそくとばかりに王騎が指示を出す。

「下がりながら敵のほころびを探りますよ。一陣殿《しんがり》を、二陣は歩兵の先導、三陣四陣は趙荘左翼の裏に拠点を作りなさい」

「「はッ!!」」

将と兵士が声を揃え、迅速《じんそく》に陣形を再構築するために動き出す。

飛信隊の副長の一人、渕《えん》が希望を取り戻した目を信に向けた。

「信殿！」

「ああ！　まだ諦《あきら》めてねえ、俺らも行くぞッ！」

王騎についていけば、万の敵だろうが突破できる。この場の秦軍全員がそう信じた時だ。

身を翻《ひるがえ》そうとした王騎を、龐煖《ほうけん》が呼び止める。

「どこへ行くつもりだ。まだ、決着はついておらぬぞ」

「……」

王騎が無言でゆっくりと振り向き、再び龐煖と対峙《たいじ》する。

大将軍と武神の間で緊迫感が高まり、今にも一騎打ちを再開しそうな状況だ。

王騎兵が複数、王騎の前へと駆け込む。

「殿をお守りしろ！」

「龐煖を殿から引き離せ！」

同時に、龐煖の前にも趙兵たちが群がる。

「龐煖様をお守りしろ！」

「王騎を殺せッ！」

王騎兵と趙兵たちが互いに主《あるじ》を守ろうと、刃《やいば》を交え始めた。

最初に王騎と龐煖の間に割り込んだ兵士たちのみならず、次々と王騎兵と趙兵が加勢に駆けつけ、周囲は乱戦状態となった。

×　　×　　×

第一陣を送り出した李牧軍本陣は、落ち着いた状態である。

誰もが慌《あわ》てることなく、淡々と己《おのれ》の仕事をこなすのみだ。

軍師である李牧は、側近のカイネと共に、静かに戦況を観察していた。

二人の背後に、大型の弓を携《たずさ》えた男が一人、現れる。

「……怪鳥、地に堕《お》つ……か」

感慨深げに呟《つぶや》いたその男の装備は、一般の兵士よりもかなり上等で、中堅の将らしい。

李牧は肩越しに、後ろに視線を向けた。

「魏加《ぎか》殿」

そこにいたのは、弓の名手、魏加だった。

その魏加が確かめるように語る。

「今、この中華に存在する武将の中で、王騎ほど多くの人間に憎まれ、恐れられる武将はいない」

カイネが李牧にならって魏加を見やり、続きを促《うなが》すように無言を保つ。

「……」

「しかし。それは同時に、王騎が歴史に名を刻む英雄であることを、誰もが認めている証《あかし》でもある」

事実。王騎の名は中華全土に轟《とどろ》き、その勇名を知らぬものは少ない。

戦乱の続くこの時代。すでに王騎は、生ける伝説とさえ言えよう。

「……」

李牧が無言のまま、視線を戦場に戻す。見据えているのは、乱戦の中で輝いているようにすら見える秦の大将軍、王騎である。

魏加がカイネへと目を向けた。

「その王騎が今日、斃《たお》れる。秦の六大将軍の中でも最強と言われた、あの王騎が。なぜかわかるか、カイネ？」

唐突な問いに、カイネは答えられない。困惑《こんわく》気味の表情で口を閉ざしたままだ。

「……」

「それは。ここにいる李牧様が、あの王騎を超える化け物だからだ。新たな時代がまさに、この李牧様を求めているのだ」

心酔したような表情で、魏加が李牧に頭を下げる。

「では、役目を果たしてまいります」

踵《きびす》を返そうとした魏加に、カイネが訊《たず》ねる。

「どこへ？」

魏加はカイネにではなく、李牧に告げる。

「新時代のために、龐煖様にはここで命を落としていただくわけにはいきません。全土が注目する大舞台に、この魏加、汚れ役として爪痕《つめあと》を残してまいります」

どこか吹っ切れたようなふうに、魏加が軽く笑みを浮かべた。

李牧が小さく礼をする。

「……かたじけない」

李牧の言葉に送られ、魏加が本陣を後にした。

×　×　×

李牧軍によって王騎軍後方が削られ続けている。

増援が望めない王騎軍に対し、李牧軍は、まだ全軍を戦場に投入していない。

時間が経《た》てば経つほど、兵の数が減る一方の王騎軍が不利なのは、火を見るよりも明らかだ。

龐煖と戦う王騎の顔に、わずかだが焦燥《しょうそう》の色が浮かんでいる。

王騎は龐煖の矛《ほこ》の一撃を肩に受け、よろめく。龐煖が強気の口調で告げる。

「どうした王騎、剣筋が乱れているぞ」

「ぬおおあぁッ!!」

王騎が矛を振った。龐煖が横にいなして反撃に出る。

「ッ!!」

強烈な龐煖の斬撃を王騎が弾《はじ》き飛ばし、返す刃で斬りつける。刃と刃がぶつかり、互いに弾かれた。

王騎と龐煖の一騎打ちが激化する。その間も無情に時間は過ぎていく。


大混乱の状況に、いっそう奮闘する農民兵の隊がある。飛信隊だ。

王騎と龐煖の一騎打ちの邪魔はさせないと、信が獅子奮迅《ししふんじん》の活躍をする。

次々と趙兵を斬り続け、近くにいる敵の数が少なくなれば、敵のかたまっている場所に自《みずか》ら進んで身を投じ、獣の如く地を駆ける。

戦いの最中も、信は隊長として仲間を鼓舞することを忘れない。

「てめぇらッ！　死んだ仲間の分も出し尽くせ!!」

羌瘣が躍《おど》るように刃《やいば》を走らせ、宙で趙兵の槍をかわして着地の間際《まぎわ》にも敵を斬る。

尾平《びへい》が敵兵たちに押し倒されそうになるが、踏ん張って槍で突き返す。

沛浪《はいろう》が身体に無数の切り傷を負いながらも、敵兵を深く斬りつける。

竜川《りゅうせん》が棍棒を振り回し、複数の趙兵をまとめて殴打、叩き伏せる。

他の隊員たちも、正規兵ばかりの趙兵にまったく後《おく》れを取ることなく、戦っている。

趙兵が、恐怖の色を浮かべて信たちを見る。

「なんだ、こいつらは……」

「飛信隊だよッ」

沛浪が、その趙兵を斬り捨てた。

飛信隊が戦う一角だけは、明らかに秦軍が優位になっているが、戦場全体からすれば、些末《さまつ》なものだ。

一秒でも早く陣形を整え、敵の薄いところを狙って退路を切り開かなければならないが、肝心要《かなめ》の大将軍、王騎は龐煖との一騎打ちで、動けずにいる。

戦局は悪化していく一方だ。信もさすがに焦《あせ》り始める。

「くそッ。後退しなけりゃ、呑み込まれる――」

信の懸念《けねん》が直後、現実のものとなる。

王騎軍後方の守備が瓦解《がかい》し、李牧軍第一陣が王騎のいる周辺まで殺到し始めた。

「呑み込まれた！」

×　×　×

戦場を離れた趙荘《ちょうそう》の騎馬隊が、騰《とう》騎馬隊から必死に逃げる。

「駄目だ、速すぎるぞ！　追いつかれる！」

趙荘軍の将が、絶望の声を上げた。

趙荘は騰の駆る馬の蹄《ひづめ》の音をすぐ近くに聞きながら、苦笑する。

「ついにこの時がきたか！　この私が大将代理を務めた戦いで、王騎が死ぬ！」

死を覚悟しつつ、趙荘が大声で笑った。

「ふはははっ、笑わずにおられぬわ！」

趙荘は馬上で、王騎が死すだろう戦場を振り返った。

「ただ一つ。無念は、この目で見届けられぬことか……」

その首に刃が食い込み、次の瞬間には趙荘の頭部が宙に舞った。

追いついた騰が、一撃で趙荘の首を斬ったのである。

騰が馬に急制動をかけつつ、宣言する。

「趙荘の首、討ち取った!!」

他の将や兵士には目もくれず、騰が馬首を巡らせた。

時間がない、と。

騰もその配下も、わかっているようだった。

騰騎馬隊は一瞬の遅滞《ちたい》もなく全員が馬を反転させ、激闘の地を目指す。

「急いで殿のもとに戻るぞ!!」

×　　×　　×

片膝を屈した王騎に、ここぞとばかりに趙兵が殺到する。

肩を打ち据えた龐煖の矛の柄の圧力に、ついに王騎の膝《ひざ》が折れた。

「殿ぉ！」

王騎兵が悲愴《ひそう》な叫びを上げた。

しかし、この程度で王騎が終わるはずがない。

王騎が片膝をついた体勢のまま、片手で矛を横薙《よこな》ぎに振り回し、襲来した趙兵全てを斬り飛ばし、龐煖を後退させた。

「……まったく、手ごわい策士と武人を同時に相手にするのは、骨が折れますねぇ」

愚痴をこぼすように言いつつ、王騎が立ち上がる。

「こと策士に対しては色々と考えを巡らせていましたが、ここから打てる策は、もはや一つもなさそうです」

まるで観念したかのような台詞《せりふ》だ。その言葉を耳にした王騎兵たちが、肩を落とす。

だが王騎の顔は、晴れやかでさえあった。決して勝ちを諦《あきら》めた将軍の表情ではない。

「しかし！」

王騎が、戦場全てに達するくらいに、声を張り上げる。

「策がなければ、力業《ちからわざ》ですッ!!」

王騎の背後に、馬が駆けてきた。龐煖との一騎打ちの最中に乗り捨てていた、王騎の愛馬である。

すばやく王騎が馬に飛び乗り、馬上で矛を構え直すと馬を反転させ、李牧軍騎馬隊に突撃していく。

信が真っ先に、駆ける王騎の馬を追い始める。

「飛信隊、続け!! てめぇら、死んでも脱出するぞ!!」

信に続き、飛信隊の生き残りも必死に走り始めた。

李牧軍を蹴散らす王騎の姿は、窮地に立たされた敗軍の将には見えない。

まさしく戦場を制圧する、大将軍がそこにいた。

王騎兵たちの表情から絶望の翳《かげ》りが消え、目に希望の光が戻る。

周囲を威圧するほどの大音声で、王騎が告げる。

「この声を聞く、王騎軍の兵士に言い渡します！　敵の数はおよそ十倍、ならば一人十殺を義務付けます！　敵十人を討つまで倒れることを許しませんッ!!」

王騎が馬上で矛を振るい、次々と李牧軍騎兵を打ち倒す。

無敵、無双。

大将軍が吠える。

「皆、ただの獣と化して戦いなさい！」

秦軍兵士の雰囲気が、一変した。

健在なものは当然として、満身創痍《まんしんそうい》のものでさえも立ち上がり、武器を構える。

「いいですか！　ここからが王騎軍の真骨頂《しんこっちょう》です！　この死地に、力ずくで活路をこじ開けますよ!!」

王騎が矛を天に突き上げた。

「皆の背には、常にこの王騎がついてますよッ!!」

王騎の宣言に、王騎軍、飛信隊の士気が最高潮に達した。

「「「おおおおおおおおッ!!!!!」」」

一人、十殺。

たとえ死しても、その時は十の敵を道連れに。

命を燃やし尽くすかのように、王騎軍兵士の猛反撃が始まった。

「──」

王騎の前に、馬に乗った龐煖が立ち塞《ふさ》がる。

「ッ!!」

一瞬の迷いもなく、王騎は龐煖へと突撃した。

×　×　×

王騎軍の強引な反転攻勢は、李牧軍本陣からも見えていた。

王騎の奮戦と鼓舞による一時的なものであろうが、数で劣る王騎軍が優勢に見えるほど、王騎軍兵士の士気は高い。

捨て身の兵は、いかなる時も恐ろしいものだ。

それが王騎率いる軍勢であれば、なおさらである。

「力業に出ましたか……」

李牧は冷静に戦況を分析し最善の策を取るべく、すっと片手を上げた。

その合図を受け、配下の将が号令をかける。

「第二陣、突撃ぃ！」

李牧本陣で控えていた軍本隊第二陣が、一斉に戦場に向かう。

力業には、さらなる力業を。

圧倒的な数の力で、押し潰《つぶ》す。

単純ではあるが、戦争において最も効果を発揮する策である。

そして戦場は、地獄と呼ぶのすら生ぬるい状況になっていく。

×　　×　　×

李牧軍の第一陣の綻《ほころ》びを探して奮戦する飛信隊だが、倒せども倒せども敵は絶えない。

その時、尾平がなにかに気付いた。

「嘘だろ、まだ来るのかよっ」

尾平の視線の先を渕が見やり、焦った声を上げる。

「まずいです！　呑み込まれたら、指揮系統が完全に崩れます！」

敵の群れの向こう。さらなる軍勢が押し寄せる様が見えた。李牧軍第二陣である。

過剰投入にさえ思える敵の増援に、信が、ハッとする。

「まさか！　こいつらの狙いは、王騎将軍か！」

押し寄せる新たな李牧軍の中の一点を、羌瘣が指し示した。

「信！　あれ！」

その他の騎馬隊に紛《まぎ》れるように、大型の弓を背負った将が、直衛の騎馬隊を従えて、王騎の背後に向かっていた。

その趙の将こそ、先ほど李牧に別れを告げた魏加である。

明らかに、狙いは王騎だ。信は即座に駆け出した。

「どけえッ!!」

信は、立ち塞がる趙兵の壁を突破するべく剣を振るうが、敵が多すぎる。

どれほど信が斬ろうが、敵の数はいっこうに減らない。

信が殺到する趙軍歩兵に手こずっている間にも、事態は進む。

王騎と龐煖の一騎打ちは、いよいよ決着が付きそうになっていた。

「――ッッ!!」

王騎の振り下ろした矛を、龐煖が受け止めきれずによろめく。

「ッ!」

押しきった王騎の矛が龐煖を強烈に打ち据えるが、龐煖はかろうじて防御する。

受けた衝撃に龐煖の眼が焦点を失い、馬から落ちそうになった。馬もぐらついて向きを変え、龐煖が無防備な背を、王騎に晒《さら》す。

次の一撃で、決着が付く。誰の目にも、そう見えた。

「……龐煖、幕です」

王騎が、冷静に矛を振り上げた。

王騎が龐煖に止《とど》めを刺そうとした瞬間に、信の進路がわずかに開いた。

信の視線の先。魏加が馬を止め、弓に矢をつがえて弦《つる》を引き絞っている。

信は叫ぶことさえ忘れ、敵の隙間《すきま》を全力で駆け抜け、魏加を阻《はば》むべく急ぐ。

刹那《せつな》。真横から走ってきた騎馬に信は撥《は》ね飛ばされた。

その騎兵が敵か味方かさえわからず、信は受け身も取れずに地を転がる。

信がどうにか片膝をついて顔を上げた時、魏加が矢を放った。

矢は、混戦の兵士たちのわずかな隙間を正確に貫《つらぬ》く。

そして矢は王騎の鎧《よろい》を貫き、背の右側、肩の下に深々と突き立った。

「っ」

王騎の上半身がふらつき、振り下ろした矛が、龐煖を外す。

ドゴッと音がした。

それは龐煖が、振り向くことなく己の脇から矛を背後に突き出し、王騎の鎧を砕き貫いた音だった。

三日月のような形をしていた龐煖の矛の刃は、王騎によって円弧の半ばで折られていた。

皮肉なことに、折られたが故に、刃は刺突ができる形になっていた。

そのいびつな矛の刃が、王騎を腹から背まで貫く。

明らかな致命傷だった。

王騎と龐煖を中心にして、静寂《せいじゃく》が広がっていく。

兵士も将も、誰もが足と手を止め、激闘の決着に目を奪われている。

その中で。唯一、信だけが動いた。

「てめぇえええええッ!!」

疾風のように趙兵たちの間を駆け抜け、信が跳ぶ。

信は、馬上で弓を放った体勢のままの魏加に飛びかかり、馬から引きずり下ろした。

「ッあッ!!」

信が魏加を地に押しつけ、剣を振るった。びくんと魏加が身を震わせる。

絶命の瞬間。魏加は満足げな顔をしていた。

「殿ぉおおお!」

王騎兵の絶叫を聞き、信は振り返る。

龐煖の矛に腹を刺し貫かれた王騎は、動かない。

戦場の誰もが、王騎と龐煖に目を向けている。

龐煖が王騎に背を向けたまま、告げる。

「水を差された。だから戦場など、つまらんのだ」

龐煖の位置からは、魏加が矢を放ったのは見えなかったはずだ。だが王騎になにが起こったのか、龐煖にはわかっているらしい。

戦に勝利するためならば、将同士の一騎打ちに横槍を入れようが、誰も責められないのだ。

「だが、これがお前の土俵。お前の負けだ。王騎」

主君の敗北を目の当《ま》たりにした王騎兵たちが、戦意を失って次々と剣や槍を下ろす。

誰もが諦めかけた時。唯一、諦めていない男が笑った。

「ンフフフ。勝手に負けを押しつけられるのは、心外ですねぇ」

「！」

王騎はまだ死していない。信は即座に王騎のもとに走ろうとしたが、すぐさま趙兵たちに捕まって押し倒され、再び地べたに這いつくばらされた。

もがけども拘束はきつく、抜け出せない。それでも信は、顔だけはまっすぐと王騎に向ける。

「我が配下たちにも怒りを覚えます」

と王騎。さらに咎《とが》めるような口調で続ける。

「なぜ戦いを止《や》めるのですか。たとえ何が起ころうと、死んでも諦めぬことが王騎軍の誇りだったはずですよ」

その言葉に、王騎兵たちがハッとして顔を上げた。主君の言葉を聞き逃すまいと、全員が王騎に向き直る。

「ここはまだ。私たちが死ぬ場所では、ない！」

腹を龐煖の矛に刺し貫かれたまま、王騎が矛をゆっくりと、振り下ろした。

「ッ!?」

龐煖が、片手で簡単に王騎の矛の柄を受け止める。

刃の付け根を龐煖にがっちりと摑まれても、王騎は力を緩《ゆる》めない。顔を憤怒《ふんぬ》に歪《ゆが》め、全身で矛を押し込む。刃が龐煖の首に迫る。

「貴様っ……」

必死に抵抗する龐煖の首に、ついに王騎の矛の刃が食い込んだ。皮膚が切れて血が垂れる。

王騎は矛に込めた力を抜くことなく、語る。

「将軍とは、階級の名称にすぎません。しかし、そこに辿り着ける人間はほんの一握り」

「……」

王騎は片手で振り下ろした矛に込める力をより一層強める。龐煖に矛の刃がさらに食い込んだ。

「将軍とは、数多の死地を乗り越え、数多の功を挙げた者だけが、達せる場所」

王騎が笑みを浮かべた。

趙兵に押さえ込まれたままの信の双眸《そうぼう》から、涙が溢《あふ》れ出る。

信には、王騎が言わんとする事の重さがわかっているようだった。

たとえ王騎にそのつもりがなくとも、王騎の言葉は、これからの信の礎《いしずえ》になるだろう。

「結果、将軍が手にするのは、幾千万の人間の命を束ねて戦う責任と、絶大な栄誉」

しかし龐煖には、王騎の言葉の意味がわからないらしい。

喉に食い込む王騎の矛を押しとどめている龐煖は、不可解なものを見る目をしていた。

「なんなのだ……貴様はいったい、何者だ」

王騎が血塗れの顔に、笑みを浮かべ直す。

「ンフフフ。決まっているでしょう、天下の大将軍ですよ」

さらに深く、龐煖の首に王騎の矛の刃が食い込んでいく。

「ぬああッ!!」

龐煖が怒号と共に、王騎を貫いていた矛を強引に引き抜いた。

王騎が口と傷から血を迸《ほとばし》らせた。その全身から力が抜けていく。

信は絶叫と共に、普段ではありえない力で趙兵たちの拘束を振り払った。

「うおおおおッ!!」

龐煖が、止《とど》めとなる一撃を王騎に放とうと、矛を振り上げる。

「るあッ!!」

振り下ろされた龐煖の矛を、跳んだ信の剣が弾いた。

「ッ!?」

刹那、場が硬直した。

そこに、趙軍を蹴散らして騎馬隊が飛び込んでくる。

騎馬隊を率いているのは、騰だった。

「全軍、ここを抜ける！　わが騰騎馬隊は敵本陣に突撃！　殿《との》の部隊を援護する！」

信は一瞬だけ、騰と目が合った。

──殿《との》を任せる。

言葉を交わさなくとも、信には伝わったようだ。脱力して今にも馬から落ちそうな王騎のもとへと急ぎ、その身体を支えて、王騎を背に馬にまたがる。

「うおおおおッ!!」

信が雄叫《おたけ》びを上げ、騰騎馬隊に続いて馬を走らせた。

「……」

信の背中で、王騎はまだ息をしている。

王騎は虫の息となっても、決して矛だけは手放していない。

戦う意志はまだ、大将軍の中から失われずにある。

×　　×　　×

騰騎馬隊が活路を開き、王騎軍と飛信隊が全力で撤退を始めた。

「奴らを逃がすな！」

趙兵たちが黙って見逃すはずがなく、すぐさま追撃をかけようとした直後。

「追うな」

言ったのは龐煖だった。

王騎の返り血を全身に浴び、首の傷から血を流しているが、負傷はそれだけだ。

今、龐煖が王騎を追えば、その首を獲ることなど造作もないはず。

王騎を討つために、趙軍はこれまで戦っていたのだ。

確かに放っておいても王騎はいずれ死ぬだろうが、首を獲るのならば、今しかない。

だが、龐煖は微動だにしなかった。

その龐煖の様子に、趙兵たちに動揺が広がる。

「龐煖様っ？」

疑問の声を上げて駆け寄った趙兵を、龐煖が一瞥《いちべつ》もせずに、繰り返す。

「――追うな」

龐煖の圧力に、周りにいる趙兵たちは硬直した。

「……」

趙兵たちは、ただただ佇《たたず》むしかなかった。

敵軍総大将を瀕死《ひんし》の状態に陥《おちい》らせ、敵を潰走《かいそう》させた直後とは思えない重い緊迫感に、辺りが包まれる。

×　　×　　×

騰騎馬隊と、信と王騎を乗せた馬が、押し寄せる李牧軍の奔流《ほんりゅう》に逆らって脱出を目指す。

今の李牧軍は、王騎を確実に仕留めるための軍だ。

決して逃がすまいと、騎兵も歩兵も、王騎を運ぶ信の馬を狙ってくる。

信の間近で剣が風を裂き、目の前を投げられた槍が掠《かす》めていく。

降り注ぐ矢を信は剣で斬り払いつつ、馬の速度は決して落とさない。

信の耳元。浅く弱いが、確かに王騎の呼気を感じる。

意識はないが、まだ王騎は生きていた。

「……!!」

信は全力で攻撃に抗《あらが》い、馬を走らせ続ける。だが敵の勢いは激しさを増す一方だ。

前に厚い防御陣形が現れ、信の行く手を阻もうとした。

王騎軍親衛隊と思しき騎兵が防御陣形に突っ込み、穴を開ける。

信はためらわず、防御の穴に馬を突撃させた。左右から押し寄せる剣や槍を、併走する王騎軍騎兵が自らを盾にして、食い止める。

「！」

目を見開く信に、全身に槍を受けた王騎兵が叫ぶ。

「ゆけ！　殿をなんとしてでも、城へお帰しするのだ！」

死にゆく王騎のため、王騎兵が次々と命を投げ出す中、信は必死に馬を走らせる。

×　　×　　×

李牧軍本陣には、龐煖の手によって王騎が致命傷を負ったという情報がもたらされていた。

敵総大将を討ち取ったも同然なのにも拘《かか》わらず、李牧軍本陣で、喜びを露《あら》わにしているものは、誰もいない。

李牧には、乱戦の中を突破しようとする王騎軍騎馬隊と、彼らの抵抗によって犠牲者を増やし続ける配下の兵士たちの姿が見えている。

信の背で動かない王騎もまた、李牧には見えていた。

無言の李牧に、カイネが話しかける。

「王騎が死ぬと分かっていても、それを脱出させるために全員が必死ですね」

「……」

李牧は無言のまま、戦況を見続けている。

カイネも李牧にならい、騰騎馬隊と信の凄まじい抗戦ぶりに目を向けた。

「今の秦軍が、一番強いかもしれません。逆の立場なら私たちも死を惜しまず、鬼となって戦います」

李牧のためならば、命など捨てても構わない。カイネのみならず、李牧に心酔する臣下の誰もが同じだろう。

事実。王騎を討つという李牧の目的のため、魏加は背後から一騎打ちの邪魔をするという武将として恥ずべき手をあえて使い、王騎の致命傷と引き替えに、信に討たれて逝《い》った。

李牧が、ゆっくりと口を開く。

「胸の奥が、痛いですね」

李牧は一度、言葉を句切った。しばしの沈黙の後、そっとこぼす。

「……だから。戦は、嫌いです」

×　　×　　×

王騎軍親衛隊騎兵たちの犠牲によって信の馬は進んできたが、周囲の味方の数は減る一方だ。

そして李牧軍からの攻撃は決して緩まない。

背後の王騎を気にかけつつ馬上で剣を振るい続けてきた信の息は、荒い。

信の疲労はとっくに限界を超えていた。

今にも剣を取り落としそうな状態の身体を、気力で奮《ふる》い立たせ、敵に抗っている。

だがその気力も、ついに尽きそうだった。

集中力が途切れかけ、死角に近い位置からの攻撃に気付くのが遅れてしまう。

やられるかに見えた瞬間、迫っていた趙兵が突然、吹っ飛んだ。

誰がやったのか。信にはすぐにわかる。

「！」

信の背後で、王騎が意識を取り戻していた。

「童信《わらべしん》の分際で、やるじゃありませんか。私以外でこの馬を御《ぎょ》す者を、初めて見ましたよ」

王騎の息は途切れ途切れだったが、言葉はしっかりしている。

信がわずかに安堵《あんど》の表情になった。

「馬が勝手に走ってんだよ、俺は何もしてない」

軽い口調で言った信に、王騎が真面目《まじめ》な物言いで告げる。

「……童信。背筋を伸ばし、目を閉じ、深呼吸をしなさい」

今は戦場のただ中だ。目を閉ざすなどありえないと、信が疑問の声を上げる。

「え？」

「私と共に馬に乗る機会など、滅多《めった》にありません。これは貴重な体験ですよ」

王騎の話し振りは、およそ瀕死の人間のものとは思えないほどに、優しく丁寧《ていねい》だ。

「でもっ」

教え子を相手にするように、王騎が再び告げる。

「目を閉じて、深呼吸です」

静かな声音だったが、王騎の言葉には、有無を言わせぬ迫力があった。

信は指示通りに目を閉じ、深く息をする。

閉ざされた視界。時間の流れがゆっくりに感じられ、戦場の喧噪《けんそう》が遠くなっていく。

今の信に聞こえるのは、王騎の息づかいのみだ。

「よぉく、聞きなさい」

王騎の声が、信の鼓膜を打つ。

「あなたは今。この戦場の中で、将軍の馬に乗って、走っているのです」

改めて、とてつもないことだと自覚し、信は身震いした。

大将軍の馬を駆れるのは、大決戦の戦場で敵味方合わせても、数えられるほどしかいない。

それほどに貴重な機会に出合う。

その大将軍の馬で信は今、戦場を駆けている。

たとえ仮にであっても、戦場を睥睨《へいげい》する立場にあるのだ。

「……」

「理解したら、ゆっくり目を開き、目にするものを、よぉおく、見てみなさい」

信は目を開けた。目を閉ざす前よりも、全てがはっきりと見える。

「敵の群れを、敵の顔を」

必死の形相で王騎を討とうと迫る李牧軍の騎兵。

敵味方の騎馬にもみくちゃにされながらも、騰騎馬隊の足を止めようと身体を張り、馬に撥ね飛ばされる李牧軍歩兵の死に際《ぎわ》の表情。

王騎を討てと叫ぶ李牧軍の将が、配下の騎馬隊と共に迫り、全員が騰に斬って捨てられる。

信は冷静に、敵を見た。敵もまた必死なのだとよくわかる。

王騎が信に、さらに告げる。

「そして、味方の顔を」

普段は表情をほとんど変えない騰が、歯を食いしばり目をぎらつかせて次々と敵を屠《ほふ》る。

騰騎馬隊の誰もが、肩で息をしつつも戦意に満ちた顔で、敵を迎え撃つ。

騎馬に相乗りさせてもらっている羌瘣や尾平ら飛信隊もまた、押し寄せる李牧軍に怯《ひる》むことなく、闘志の炎を目に宿して、戦っていた。

信の周りに、諦めているものなど一人もいない。

「……」

王騎が信の耳元で呟く。

「天と、地を」

信は空を見上げた。晴れた空にたなびく雲。雲間から覗く太陽。

信は視線を大地に向ける。騎馬の群れが起こす土埃《つちぼこり》を、風がさらっていく。

天と地の狭間《はざま》で、敵と味方が入り乱れ、どちらも命の炎を燃やして戦っていた。

「これが、将軍の見る景色です」

信は目の前の光景を胸に刻む。

その時、自分の中で何かが芽生えた気がした。

「どうですか?」

問われるまで、信は言葉をなくしていた。

戦場を理解した。とは、まだ信には言えない。

自分にはまだなにもかもが足りないと知った気もするが、具体的には言葉にできない。

それでも。信は重要ななにかを理解したように感じていた。

「……少し……なにか、わかった気がする」

「将軍の目には、様々なものが見えます」

王騎が戦場の一角を指し示した。

「例えば、ほら。なかったはずの活路が、すぐそこに」

信は促《うなが》されるままに、視線を投じる。李牧軍の分厚い包囲の向こう、秦の旗があった。

錘《すい》を携《たずさ》えた将の姿が、そこにある。

全滅寸前の窮地を王騎に救われ、戦場を離脱した蒙武だ。干央の姿もある。

蒙武と干央が残存兵力をまとめ上げ、軍を再構築して戻ってきたらしい。

蒙武軍が、李牧軍の側面に突撃をかける。

「ごわああッ!!」

蒙武が錘を激烈に振り回す。人も馬も、重さがないかのように吹っ飛んでいく。

「蒙武!!」

「ごぉわッ！　ごおおおっああああッ!!」

蒙武の勢いは止まらない。王騎が命じた一人十殺をはるかに上回る勢いで敵を葬り、結果、李牧軍に乱れが生じた。

王騎が信に道を示す。

「さあ、行きますよ。皆でこの死地を脱しましょう」

信と王騎の馬を先頭に、王騎軍が蒙武軍のほうへと進路を変える。騰騎馬隊は殿《しんがり》を務めるべく、王騎軍の後ろに移動した。

逃がすまいと追いすがる李牧軍の猛攻を迎え撃ちつつ、隊の副官が、騰に馬を寄せてきた。

「あとは我々に。騰様は、殿《との》のお側へ」

「……」

騰は頷きもせず無言で副官に視線を向け、目だけで信頼を伝える。

「ハッ!!」

気合いを入れるように、騰が馬の腹を蹴って速度を上げた。

仕《つか》え続けた主のもとに馳せ参じるため、騰は急ぐ。

× × ×

李牧軍本陣に、慌ただしく伝令が駆け込んでくる。

「伝令！　王騎たちに包囲を抜けられました！」

王騎を討つべく、万全の態勢で李牧軍は動いていた。仕留めきれずに逃がすなど、将も兵も考えもしなかった事態に、本陣がざわつく。

一人、李牧だけは顔色を変えずにいた。

「……」

李牧は将たちに指示をすることなく、無言のままだ。

不思議に思ったのか、カイネが訊ねる。

「王騎を追わないのですか？」

カイネが言葉を待つように李牧へと視線を向け続ける。

李牧が口を開いた。

「十分です。王騎の命は、じき尽きます。追う必要はありません」

将の一人が、どこか不満そうに異を唱える。

「しかし、首を持ち帰らなければ――」

「大将には二種類あります」

李牧が将の言葉を遮《さえぎ》って、そう言った。無論、李牧もわかっている。

だが今。あえて王騎の首を獲らぬのには理由がある。それを李牧が、淡々と語る。

「討ち取られると全軍の士気がなくなり、そこで戦が終わる将と。逆に、全軍に殉死《じゅんし》の精神が宿り、死ぬまで徹底抗戦させる将です」

ぐ、と異議を申し立てた将が渋面《じゅうめん》を作った。先の発言を後悔しているかのようだ。

「王騎は明らかに、後者です」

と、李牧。カイネが納得した顔になる。

李牧が説明を続ける。

「今、王騎の首を獲れば。王騎軍の軍長たちは、怒りに震え玉砕《ぎょくさい》覚悟で向かってくるでしょう。そうなれば、例えこちらが全軍で打ち合っても、ただではすまないでしょう」

王騎は一人十殺を命じ、王騎軍全員がそれに応えて奮闘した結果、李牧軍の包囲網は突破された。

もしここで王騎の首を獲ったならば、王騎軍は最後の一人が倒れるまで李牧軍に一矢報《いっし》いようとするだろうことは、もはや考えずともわかることだった。

カイネは、もし李牧が討たれたら己が死すとしても復讐を果たすと言った身だ。

李牧の言葉を深く理解し、カイネは黙り込む。

静まり返った李牧軍本陣の将たちに向け、言い含めるように李牧が告げる。

「この戦の目的は、秦国への侵攻でも、王騎軍の壊滅でもありません」

李牧が改めて将たちを見渡した。

「目的は、王騎の死。これが達せられた今、これ以上血を流すことに、まったく意味はない。味方の無意味な死は、絶対に許しません」

強い口調で李牧は言い、そして締めの言葉を、静かに口にする。

「……戦は、ここまでです」

ここに、馬陽の戦いは終わりを迎えた。

結果として。秦軍は趙軍の侵略を退《しりぞ》け、戦に勝利したことになる。

×　　×　　×

王騎軍は山あいの道を戻り、本陣近くの森まで後退した。

予想された李牧軍の追撃はなく、今も敵の気配は感じられない。

樹々に囲まれた草地に、王騎軍は集まっていた。

騎乗しているのは、王騎のみだ。側近の騎馬隊も全員が下馬し、歩兵隊と共に王騎を囲んでいる。

ここまで王騎の馬を駆ってきた信は、馬を降りて王騎の前に立っていた。

信の背後には、生き延びた飛信隊の仲間たちがいる。

王騎が腹に負った傷からの出血は、止まっていた。だが、傷が塞がったわけではない。

もはや王騎の身体には流す血も残っていない、それだけだ。

退却戦の間に息絶えず、今こうして背筋を伸ばし、矛を携えて馬上にいることが、もはや奇跡である。

「……」

王騎は無言だった。集《つど》っている兵も誰一人、口を開かない。

静寂《せいじゃく》の中、駆ける蹄《ひづめ》の音が聞こえてきた。音からして一騎のみだ。

草地に続く道に現れたのは、騰だった。

騰はこの場に着くなり馬を降り、王騎のもとへと駆け寄った。

王騎がゆっくりと、騰に視線を向ける。

「騰」

「ハ」

騰が王騎の前で片手の掌に拳を添えて礼をする。

王騎が騰に、厳とした口調で告げる。

「誰一人として、私の後を追うことを禁じます。軍長を始め、一人もです」

王騎の側近たちの中から、息を呑む音がした。この王騎の言葉がなければ、後追いで自刃《じじん》するものもいたかもしれない。

「ハ！」

と礼をしたまま騰が返す。王騎が改まった口調で、話を再開する。

「長く私を支えてくれましたが、本来、あなたの実力は私に見劣りしません。この軍の先のこと一切を、あなたに委《ゆだ》ねます」

王騎は騰を、己の後継に指名したのだ。だが騰からの返事はない。

「……」

無言の騰から王騎は視線を外し、囲みの中にいる干央に目を向けた。

「干央、証人に」

干央が即座に礼の姿勢を取る。

「ハ！」

そして改めて、王騎が騰へと視線を戻す。

「頼みましたよ。騰」

騰はしばらく沈黙した後《のち》、了承する。

「……ハ」

礼の姿勢を崩さぬまま固く握りしめられた騰の右拳の指の隙間から、血が滴《したた》る。

強く握りしめるあまりに、爪が肌に食い込み、切ったのだ。

血を滴らせながらも、騰は強く固く、拳を握り続けていた。

王騎は、やや離れた場所にいる蒙武へと顔を向ける。

険《けわ》しい表情の蒙武が、王騎の視線を受け止める。

「王騎」

王騎は無言で、蒙武の言葉を待っている。

「許せ、すべて俺の責任だ」

頑《かたく》なに王騎を認めようとしなかった蒙武が、己の非を認めた。

蒙武が王騎の命令を守り、本陣の旗が見える位置で軍を留めていれば。

蒙武が己の武を過信して、偽《にせ》の龐煖という趙軍の罠《わな》に塡《は》まらなければ。

結果は変わっていただろう。だが、王騎は蒙武を責めない。

責めるよりも、言うべきことがある。

「蒙武、あなたの課題は明白です」

と王騎。続けて、

「それは、私が言う必要もないでしょう。あなたは間違いなく、これから秦軍の顔になるべき一人です」

「……」

ぐ、と蒙武は固く口を結び、噛みしめるように王騎の言葉を聞く。

「そのことをしっかり自覚して、さらなる成長を期待します」

王騎が視線を蒙武から外し、前を向く。

「何しろ。この戦に現れた趙将は、いまだかつてない強敵です。見事にしてやられました……ンフフフ」

王騎が笑った。強敵の登場を歓迎するかのようだ。

強敵は、因縁の深い龐煖だけではない。してやられた。自分を策で上回った敵軍師もまた、強敵だ。

趙の三大天は今、二人いるのである。

李牧の出現は今後の、戦乱の世に多大なる影響を与える。

王騎の言葉の真意を考えるように、信も羌瘣も、ただ黙っていた。

ンフ、と王騎が小さく笑う。

「まったく、困ったものですね。いつの時代も、最強と称された武将たちは、さらなる強者の出現で敗れます。しばらくその男を中心に、中華の戦いは回るでしょう」

その男。この場の誰もがまだ名前を知らぬ、李牧である。

やがてはその名と共に、李牧の知略は戦場を席巻するだろう。

だが。戦場は李牧だけのものになど、ならない。

王騎が、期待を感じさせる口調で続ける。

「しかし。それもまた、次に台頭してくる武将に討ち取られ、時代の舵《かじ》を渡すのでしょう」

誰もが無言で見守る中、王騎が遠くを見やる。

「強者どもの、果てなき命がけの戦い。まったく、これだから乱世は、面白い」

ンフフフと笑いすら漏らす王騎の表情は、晴れやかだった。

ひとしきり王騎は笑い、ふう、と息をついた。

「童信」

名を呼び、王騎が信を見やる。

「修行をつけてやる約束でしたね。見ての通り、無理になってしまいました」

王騎の状態は、共に馬に乗ってきた信が、この場の誰よりもわかっているだろう。

「……」

なにかを堪《こら》えるように固く口を結んでいる信に、王騎が語り続ける。

「しかし。そもそも私に直《じか》に教わろうなんて、虫が良すぎますよ」

ふ、と王騎が笑みをこぼした。優しい目に信を映す。

「そういうことは。自分で戦場を駆け回って学びなさい、バカ者」

「……」

信の引き結んだ唇が、わずかに歪む。漏れそうな嗚咽《おえつ》を耐えている、そんな顔だった。

「皆と共に、修羅場をくぐりなさい」

深く頷く信に、王騎が受け取れと言わんばかりに、右手の矛を差し出した。

「……素質はありますよ。信」

王騎は信を、童《わらべ》とはもう呼ばなかった。信は瞬《まばた》きもせずに王騎を見つめる。

「……王騎将軍」

信が、王騎から矛を受け取った。

大将軍の巨大な矛の重みに、信はふらついた。

王騎の矛は、一瞬でも気を抜けば取り落としてしまいそうな重量だが、これは王騎の誇りそのものだ。地に転がすことなど決して許されない。

信は矛を落とすことなく耐えきった。両腕で矛を抱え、ハッとした顔で王騎を見上げる。

王騎の目は、もう信を映してはいない。口元に浮かべた薄い笑みは、そのままだ。

木漏《こも》れ日の中。天下の大将軍は馬から落ちることなく、息絶えていた。

「……殿」「殿ぉおお……」「……ぉおお……」

干央を始めとする王騎軍の兵士たちが、その場に蹲《うずくま》って泣き崩れる。

「……」

騰は無言で涙を溢れさせ、蒙武が険しい表情のまま天を仰いだ。

信の背後。飛信隊にも嗚咽が広がっていく。

「……ッ………っ……」

信が顔を歪めて、むせび泣く。

溢れる涙は留まることを知らず、慟哭《どうこく》は声にすらならない。

ただただ信は、王騎から受け取った矛を、強く固く、握りしめた。

終章

大将軍の帰還

西日が赤く、咸陽《かんよう》の街並みを染めている。その様を嬴政《えいせい》は、窓越しに眺めていた。

趙《ちょう》の侵略で戦《いくさ》が起きていても、街は平穏だった。

だがここに住まう民《たみ》の中には、身内を戦場に送り出しているものが多くいる。

彼らの戦地からの無事な帰還を、誰もが願っていることだろう。

嬴政は、その願いが叶《かな》えられないものが、少なからずいることを知っている。

戦をしているのだ。

誰がいつ死んだとしても、それは仕方のないことである。

嬴政の後ろに、昌文君《しょうぶんくん》が姿を見せた。顔色は悪く、口元は震えている。

「王騎《おうき》が……」

皆まで聞かずとも、嬴政は察した。

昌文君が王騎から、あの話を聞かされることがもうないのならば、自分が告げるべきだと、
嬴政は口を開く。

「……王騎は。出陣する前に、俺に昭王《しょうおう》の遺言《ゆいごん》を伝えた」

昭王の遺言。王騎と嬴政しか知らぬことだった。

「……？」

問うような目をした昌文君に、嬴政は語る。

「それは、全中華の王たる姿を教授するものだった」

嬴政は、思い出す。

王騎の総大将任命式の前に、王騎と二人きりで話をした時のことを。


大王の間で、嬴政が中華統一に懸《か》ける思いを、王騎に語って聞かせた後のことだ。

その時、大王の間にいたのは玉座《ぎょくざ》の嬴政、嬴政の前に控えた王騎、そして柱の陰に隠れた信《しん》の三人だけだった。

嬴政の過去を含む、中華の唯一王を目指す理由について納得した王騎は、趙との戦の総大将を引き受けると応じ、任命式を行うから他の文官武官を集めるように、と信を使いに出した。

嬴政と二人きりになるために王騎が信を外に出したと理解したのは、王騎から昭王の遺言を伝えると告げられたからだ。

昭王の遺言は多岐にわたるものだったが、特に嬴政の印象に残ったのは、王騎が最後に語った一節だった。

「……最後に。戦に慈悲は無用なれど、奪い取った地にある民は、奴隷にあらず。虐《しいた》げることなく、自国の民と同様に愛を注ぐこと。これが昭王より承《うけたまわ》っていた、現秦王への遺言です」

奪った領土の民を虐げれば、その民の中から敵が生まれる。結果、国は乱れる。

中華統一のため、秦《しん》以外の六国《りっこく》——韓《かん》、趙、魏《ぎ》、楚《そ》、燕《えん》、斉《せい》、全ての国を滅ぼし、平定しなければならない嬴政にとって、重要な話だった。

「……感謝する、王騎。今の祖父の話は、父より教わっていなかった」

王騎が、さもありなんという顔をする。

「教わってないのは当然です。私はこの遺言を、先王に伝えておりませんので」

「……？」

先王が昭王の遺言を知らない。その事実に、嬴政の顔に訝《いぶか》しむ色が浮かんだ。

王騎が、遺言を伝える条件を説明する。

「遺言は、昭王の遺志を継ぐ素質のある者にのみ、残されたものです。昭王はその判断を、私に一任されました。私が仕《つか》えるに値《あたい》すると思う王にのみ、伝えよ、と」

中華の唯一王になるという嬴政の目指す道は地獄そのものだが、決して間違ってはいない。

王騎自《みずか》らが、嬴政の道を認めたということだ。

「……王騎」

感動で声をわずかに震わせる嬴政に、王騎が左の掌《てのひら》に右拳を添え、礼をする。

「共に、中華を目指しましょう。大王」

嬴政と王騎の語らいを聞かされた昌文君の双眸《そうぼう》から、涙が溢《あふ》れた。

「……あのバカが……」

堪《こら》えきれずに、昌文君が嗚咽《おえつ》を漏《も》らす。

昌文君は嬴政よりもずっと王騎に近く、長い付き合いだった。成蟜《せいきょう》の反乱の際にも、昌文君は王騎に助けられた。その借りを昌文君は、おそらくは返せていないはず。

返す相手のいなくなった借りは、永遠に、借りのままだ。

昌文君の抱いているだろう喪失感は、想像して余りある。

昌文君が主君の前で泣くことを、嬴政は咎《とが》めたりはしない。

「……」

ただ静かに昌文君を見守り、そして己《おのれ》の背負ったものの重さを、改めて自覚する。

王騎は嬴政に、そして嬴政を支えるものたちに、託して逝《い》ったのだ。

中華統一を目指すという壮大な夢を。

×　　×　　×

李牧《りぼく》軍は残存兵力をまとめ、趙への撤退準備を始めている。

王騎は討った。もうこの馬陽《ばよう》の地に用はない。

将たちのそばを離れ、李牧は配下を伴わずに、撤退準備中の全軍を見渡せる場所に来ていた。

李牧の他に、人影がもう一つある。

龐煖《ほうけん》である。

王騎との戦いの傷も生々しく、全身が土埃《つちぼこり》と血で汚れたまま、龐煖は渋面《じゅうめん》を作っていた。

「宿敵を討って満足。という顔ではありませんね」

と李牧。龐煖は無言のまま、李牧を睨《にら》みつける。

「……」

武神を名乗る化け物に睨まれようが、李牧はあくまで平然としていた。

「我々は趙に戻りますが、あなたはこれからどうするのですか、龐煖？　また山に籠《こも》って修行ですか？」

龐煖は眉一つ動かさない。答える義務はない、そんな顔だ。

「王騎の強さの秘密は、戦場にあると思いますけどね」

軽い口調で李牧は言った。ぴくりと龐煖が反応する。

「……調子に乗るな。こんな場所に、興味はない」

吐き捨てるように龐煖は告げると、いっそうボロボロになった外套《がいとう》を翻《ひるがえ》して踵《きびす》を返す。

その背に、李牧は声を投じる。

「時々、使いを送ります。気が変わったら、いつでも歓迎しますよ」

声の届く距離だったが、龐煖は振り向きもせずに立ち去っていった。

李牧は視線を前に戻し、呟《つぶや》く。

「なにしろ、これから再び乱世の全盛期が到来しますからね」

李牧の眼下には、李牧軍、趙荘軍を統合した大軍勢が整然と並んでいる。

この軍の将も兵士も、多くが戦場で命を落としていくことだろう。

それが、戦乱の世の常である。

×　×　×

遠くに咸陽の街並みを望む、丘の上。馬陽の地より戻ってきた王騎軍が集《つど》っている。

わずかな騎馬隊と、正規軍歩兵隊。農民兵の数も少ない。

出陣した際の大軍勢は、見る影もなかった。犠牲者はあまりに多く、総大将の王騎までが命を落とした。

多くの兵士がうつむき、疲れきった顔をしている。精も根も尽き果て、今回の戦のことは考えたくもない。そんな表情ばかりが並ぶ、まさに敗軍の有様だった。

百人いた飛信隊《ひしんたい》も三十ほどまでに数を減らし、表情は暗いものばかりだ。

信は王騎から託された矛《ほこ》の柄《え》を強く握りしめ、騎馬隊の中にいる騰《とう》のもとに向かった。

馬上の騰を見上げ、信が口を開く。

「騰将軍……お願いがある」

信は百人将。騰は大将軍に継ぐ上位の将軍。本来、百人将が直《じか》に要望を伝えられる相手ではない。

だが騰は咎めることなく、信を見据えた。

王騎が矛を託した男を、見定めるかのようだった。

× × ×

王騎、死す。

その報を受けて、秦国の主立った重鎮の全員が、咸陽宮の大王の間《ま》に、集まっていた。

丞相《じようしよう》、呂不韋《りよふい》。呂不韋の軍師、昌平君《しようへいくん》。昌文君と配下の文官たち。文官たちの列の後ろに、蒙毅《もうき》と河了貂《かりようてん》も列席を許されている。

嬴政は皆に背を向けて立ち、玉座を見上げていた。

居並ぶものたちは誰もが押し黙り、目を伏せている。

王騎を慕《した》っていたものは、いっそう沈鬱《ちんうつ》な表情だ。後追いは許さぬという王騎の遺言がなければ、自ら死を選んだものも少なからずいただろう。

呂不韋でさえ、傍目《はため》には、王騎の死を悼《いた》んでいるような顔をしていた。

呂不韋が、抑えた声で嬴政に告げる。

「大王様。王騎将軍の訃報《ふほう》、聞きました。我が国にとっては、真に大きな損失となりました」

損失。その言葉は正しい。大王嬴政派と対立する丞相呂不韋派にとっても、王騎は価値のある人材に変わりはなかった。

王騎の穴はとてつもなく大きく、代わりとなる人材は、今の秦にはいないのだ。

嬴政が、玉座を見据えたまま振り返らず、呂不韋に返す。

「……その通り。王騎将軍は、討たれた」

静かな嬴政の語り口が、現実を再認識させる。

呂不韋も昌平君も、昌文君や文官たちも誰もが口を固く結んだ。

嬴政一人が、言葉を続ける。

「しかし。王騎軍の死力を尽くした活躍により、趙軍は退却。馬陽一帯は救われた」

嬴政が身を翻し、臣下の列へと向き直った。

若き大王の双眸《そうぼう》には、強い輝きが宿っている。

「秦国は、この戦に勝利した！」

勝利。その言葉に、暗い表情のままでも、顔を上げるものが臣下の中から現れる。

王騎は死んだが、敗戦の将となったのではない。

総大将としての役目を果たし、勝利を飾って逝ったのである。

嬴政の言葉が、さらに続く。

「そしてわが兵は、戦地で討たれた王騎将軍を敵の手に渡すことなく、亡骸《なきがら》は間もなく、この咸陽に戻ってくる」

大王の間の全員が、顔を上げた。

戦乱の世は終わらない。戦は絶えることなく、これからも繰り返し起こり、続く。

王騎の死を悼み意気消沈することを、誰よりも王騎自身が、許さないはずだ。

「――大将軍が、死すとも。大将軍の魂は、我々に宿る」

大将軍の魂は、常に我らと共にある。

努々《ゆめゆめ》、忘れるな。

嬴政は己にも言い聞かせるように、臣下にそう告げた。

×　　×　　×

咸陽への帰還を前にして、王騎軍は隊列を整えていた。

整列した兵士たちを、王騎にこの軍の指揮を任された騰が、馬上から見下ろしている。

騰からの将軍としての言葉を、兵士たちは待っていた。

「……」

騰が無言で、信へと顔を向けた。騰が見ているのは信の顔ではなく、信が身体の横に立てて持っている、王騎の矛だ。

先ほど信は、騰から将軍として皆に告げてほしいことを、騰に伝えた。不躾《ぶしつけ》な百人将ふぜいの頼みを、いいだろう、と騰は了承した。

騰が、無言で矛から信へと視線を移す。

「……？」

顔に疑問を浮かべた信に、騰は告げる。

「飛信隊、信。皆に伝えたいことがあるなら、お前が話せ」

「――ッ!?」

信が露骨に驚いた。だが騰は、自ら話す気はなさそうだ。

少し考えて信は、騰の近くの空馬《からうま》に歩み寄り、またがった。

馬上から信が、改めて兵士たちを見る。

多くのものが項垂《うなだ》れ、目を伏せていた。王騎が決して望むことなどない姿だ。

信が、空を貫《つらぬ》かんばかりの大声を上げる。

「みんな！　顔を上げろッ！」

耳鳴りがするほどの大音声《だいおんじょう》に、兵士たちが顔を上げ、信に目を向けた。

信が、喉《のど》が裂けても構わないとばかりに、声を張り上げる。

「馬陽は守られた！　だから下を向くな！　胸を張れ！」

王騎の死という、その衝撃が大きすぎたあまりに、戦の結果を意識さえしていなかった兵士が多かったらしい。

王騎の下《もと》で、馬陽を守りきった。

信の言葉でようやく自覚したか、次々と兵士が毅然《きぜん》とした態度で背筋を伸ばす。

戦うものの顔へと戻った仲間たちに、信は王騎の矛を突き上げてみせた。

「胸を張って！　王騎将軍と一緒に、堂々と帰るんだっ！」

「「「うぉおおおおおおッ!!!!」」」

咸陽にまで届きそうな大喚声を、兵士たちが上げる。

喚声に負けず、信が叫ぶ。

「行くぞ、おまえらッ!!」

「「「おおおおおおおおおッ!!!!」」」

王騎が残した強者《つわもの》たちが咆吼《ほうこう》を上げ、天を揺るがした。

×　　×　　×

信の鼓舞によって王騎軍が戦いへの意志を取り戻したのと時を同じくして、大王の間の嬴政が、臣下たちに大音声で告げる。

「正門を開けて迎えよ。これより秦国大将軍、王騎将軍が、帰還する!!」

『共に、中華を目指しましょう。大王』

その王騎の言葉を胸に、嬴政はこれからも中華統一という修羅の道を行く。

×　　×　　×

嬴政が開門を命じたまさにその時、馬上の信が、右腕一本で王騎の矛を持ち上げ始めた。

大将軍の誇りとも言える歴戦の巨大な矛は、見た目以上に重い。

王騎は軽々と振り回してた矛だが、一般の兵であれば、その重さ故《ゆえ》に、地に落とさず抱きかかえることすらできないだろう。

矛はまるで、王騎の残した想いの重さを、信に伝えているかのようだった。

『素質はありますよ。信』

王騎の最後の言葉を受け取った信には、まだ王騎の矛は重く、とても扱えるものではない。

だがこの矛は、王騎から想いと共に受け取ったものだ。

たとえ今は扱いきれなくとも、落とすことだけは決して許されない。

信は歯を食いしばり、力を振り絞って片腕で矛を持ち上げ、天へと突き上げた。

まだ百人将に過ぎない信が、秦軍に命ずる。

「全軍ッ!!!! 前進ッ!!!!!!」

その信の姿は、遠くない未来の、将そのものだった。

信は漂《ひょう》の残した大将軍への想いを胸に、王騎の矛と仲間と共に、大将軍になる夢に向かい、戦場を駆け続ける。


斯《か》くして大将軍王騎は、咸陽へと帰還した。

英雄は死して、歴史に名と想いと魂を残す。

魂を受け継ぎしものたちの夢の道は、続く。

終

ノベライズ版著者あとがき4

『キングダム　大将軍の帰還』映画ノベライズをお手に取っていただきまして、重ね重ね、ありがとうございます！

先の三作に続きましてノベライズ版執筆をさせていただきました、藤原健市《ふじわらけんいち》です。

原作漫画がますます盛り上がっている、『キングダム』。

映画の四作目にて、その壮大な物語の序章（と、個人的には思っています）が終わりました。

大英雄、王騎《おうき》が戦乱の世から去り、ここから信《しん》の大将軍への夢の道が本格的に始まります。

さあ、原作漫画を読みましょう！

豪華な完全版コミックスも刊行が始まりましたし、もし原作漫画を未読でしたら、読み始めるにはとてもよいタイミングではないでしょうか。

原作漫画と映画を比べてみると、いかに映画のスタッフが原作を愛してこだわり抜いて映像化したのか、ご理解いただけることでしょう。

原作の素晴らしさはもちろんのこと、これまでの映画全てに溢れる原作漫画への愛が、この実写映画シリーズが大ヒットした要因の一つだと、私は考えています。

個人的には、そこまでこだわらなくても、と思える場面だらけです。キャスティングもこだわりが凄く、前作『運命の炎』のノベライズあとがきでは語れなかった、龐煖《ほうけん》役の吉川晃司《きっかわこうじ》様の役の嵌まりようったら、ほんとうにたまりません。

王騎役の大沢《おおさわ》たかお様と、龐煖役の吉川晃司様の壮絶な戦いは、間違いなく本作の見所かと。

映画をこれから観られるのでしたら、期待してください、思いっきり。

映画を観賞された後でしたら、私と一緒にしみじみと、どこもかしこも凄かったなあ、と回想に浸りましょう。

この小説を含む映画ノベライズ四冊は、映画をできる限り文章で再現するというコンセプトで作っていますので、映画鑑賞後の振り返りのお供に、ぴったりだと自負しております。

にしても。『キングダム』という物語は、生き様と死に様の描き方が、ほんとうに素晴らしいと思いませんか？

どちらかと言えば、生き様よりも、死に様に重きを置かれているように感じています。

どう生きるかより、どう死ぬか。そしてなにを残すのか。

たとえ戦場では無駄に見えるような死であっても、そこには、その人間にしかない願いと想いがあるはずで、その想いを受け継ぐ人間もまた、いるはずで。

受け継いだ人間たちの想いもまた、いずれは誰かに受け継がれていく、と。

中国の古典『史記』を基に原泰久《はらやすひさ》先生が描く『キングダム』もまた、未来に受け継がれていく物語になるでしょう。

映画ノベライズという形で『キングダム』に関われたこと、身に余る光栄です。

しみじみと、小説を書いてきてよかったな、と思います。


その幸運に比べれば、骨折の一度や二度、どうってことはありません。

映画二作目のノベライズあとがきで、バイクで転んで骨を折った話をしましたが、ええはい、またも骨を折りました。

今回は小さいバイクで、停止状態からバランスを崩して横に倒れ、倒れ方があまりに間抜けだったため、肩に己の体重とバイクの重さを全部かけてしまい、鎖骨がぽっきり折れました。

前に鎖骨を折った時は、骨折部の骨のずれがあまりなかったので、保存療法で済んだのですが、今回は、折れた骨が上下に重なるほど見事にずれてしまったので、折れた骨を金属板とボルトでつなぐ全身麻酔の手術を受ける羽目になりました。

私の左肩には現在、七本のボルトとチタンのプレートが入っています、はっはっはっ。

折ったのが昨年の九月で、幸いなことに、今回の執筆に骨折の影響はなかったのですが。

今年の年明け早々、正月休み中にインフルエンザに罹患してしまい、一週間ほど寝込みましたが、それも幸いなことに、執筆スケジュールに影響は出ませんでした。

悪いことがあれば、そのぶん良いこともあるはず。

どんな幸運が訪れるだろうかと日々、楽しみにしております。


余談は、さておきまして。

原先生、映画関係者の皆々様、『大将軍の帰還』、素晴らしかったです！

そこの貴方もご一緒に、これからも引き続き『キングダム』を楽しんでいきましょう。

またの機会にお会いできましたら、幸いです。

それでは！

二〇二四年初夏　藤原健市　拝

STAFF

原作:原 泰久「キングダム」(集英社「週刊ヤングジャンプ」連載)

監督:佐藤信介

脚本:黒岩 勉　原 泰久

音楽:やまだ豊

製作:瓶子吉久　澤 桂一　桑原勇蔵　門屋大輔　市川 南　松本拓也
松橋真三　弓矢政法　杉浦 修　名倉健司　本間道幸　舛田 敦
エグゼクティブプロデューサー:大好 誠　飯沼伸之
プロデューサー:松橋真三　森 亮介　北島直明　高 秀蘭　里吉優也
宣伝プロデューサー:森田道広　飯島真知子
音楽プロデューサー:千田耕平
ラインプロデューサー:毛利達也　濱﨑林太郎
撮影:佐光 朗(J.S.C)
美術:小澤秀高(A.P.D.J)
照明:加瀬弘行
録音:横野一氏工
アクション監督:下村勇二
Bカメラ:田中 悟
装飾:青山宣隆　秋田谷宣博
編集:今井 剛
VFXスーパーバイザー:小坂一順　神谷 誠
サウンドデザイナー:松井謙典
スクリプター:吉野咲良　田口良子
衣装 甲冑デザイン:宮本まさ江
かつら:濱中尋吉
ヘアメイク:本田真理子
特殊メイクキャラクターデザイン/特殊造形デザイン統括:藤原カクセイ
中国史監修:鶴間和幸
ホースコーディネーター:辻井啓伺
操演:関山和昭
キャスティング:緒方慶子
助監督:李 相國
制作担当:斉藤大和　鍋島章浩　堀岡健太

製作:映画「キングダム」製作委員会
製作幹事:集英社　日本テレビ放送網
制作プロダクション:CREDEUS
配給:東宝　ソニー・ピクチャーズ エンタテインメント

CAST

信……………………山﨑賢人
嬴政…………………吉沢 亮
河了貂………………橋本環奈
羌瘣…………………清野菜名
万極…………………山田裕貴
尾平…………………岡山天音
尾倒…………………三浦貴大
摎……………………新木優子
澤圭…………………濱津隆之
沛浪…………………真壁刀義

❖

龐煖…………………吉川晃司

❖

昌文君………………髙嶋政宏
騰……………………要 潤
肆氏…………………加藤雅也
干央…………………高橋光臣
蒙武…………………平山祐介
趙荘…………………山本耕史
昭王…………………草刈正雄
楊端和………………長澤まさみ
昌平君………………玉木 宏
呂不韋………………佐藤浩市
李牧…………………小栗 旬

❖

王騎…………………大沢たかお

■初出
映画　キングダム 大将軍の帰還　書き下ろし
この作品は2024年7月公開（配給／東宝　ソニーピクチャーズ）の
映画「キングダム 大将軍の帰還」（脚本／黒岩勉　原泰久）をノベライズしたものです。

キングダム 大将軍の帰還 映画ノベライズ

2024年7月17日　第1刷発行

原作／原泰久
脚本／黒岩勉　原泰久
小説／藤原健市

装丁／岩崎修（POCKET）
発行者／瓶子吉久
発行所／株式会社　集英社

〒101-8050　東京都千代田区一ツ橋2-5-10
03（3230）6229（編集）
03（3230）6393（販売／書店専用）　03（3230）6080（読者係）
印刷所　TOPPAN株式会社

ISBN978-4-08-631559-3

C0193　Printed in Japan